Traumwelten

Impressum

© NIBE Media © Manfred Greifzu

September 2019

Deutsche Erstausgabe

Alle Rechte vorbehalten, insbesondere das des öffentlichen Vortrags sowie der Übertragung durch Rundfunk und Fernsehen, auch einzelner Teile. Kein Teil des Werkes darf in irgendeiner Form (durch Fotografie, Mikrofilm oder andere Verfahren) ohne schriftliche Genehmigung des Verlags und des Autors reproduziert oder unter Verwendung elektronischer Systeme verarbeitet, vervielfältigt oder verbreitet werden.

Bibliografische Information der Deutschen Nationalbibliothek:
Die Deutsche Nationalbibliothek verzeichnet diese Publikation in der Deutschen Nationalbibliografie; detaillierte bibliografische Daten sind im Internet über http://dnb.d-nb.de abrufbar.

Für den Inhalt des Buches ist allein der Autor verantwortlich und er muss nicht der Meinung des Verlags entsprechen.

Created by NIBE Media

Printed in Germany

ISBN: 978-3-947002-96-2

NIBE Media
Alsdorf
www.nibe-media.de
E-Mail: info@nibe-media.de

Manfred Greifzu

Traumwelten

Roman

Die Handlung dieses Romans ist frei erfunden. Eventuelle Ähnlichkeiten mit lebenden oder verstorbenen Personen sind rein zufällig und nicht beabsichtigt.

Danksagung

Ich bedanke mich bei meinem Freund und Verleger „Nick"
(Bettinger), dass ich seine Kurzgeschichte
Das Geheimnis der Menschheit
Die Botschaft der Anunnaki
abgewandelt als Kapitel verwenden durfte,
sowie für das gelungene Buch-Cover.

Dank auch an Jörg Petersen, der mich in meine Traumwelt
begleitete, sich von ihr inspirieren ließ, mir seine
künstlerischen Gedanken zur Verfügung stellte
und so meinem Roman ein eigenes Flair gab.

Inhalt

Vorwort	7
Doppelt	9
Der erste Kontakt	15
Der Schlüssel	24
Alptraum	28
Erste Erklärung	32
Vorstellung	34
Allschöpfer	34
Isazana	34
Mahel	35
Ikne	36
Klukks	38
Allschöpfer	39
Erste Experimente	40
Erstes Wissen	42
Menschwerdung	43
Vergangenheit – Gegenwart – Zukunft	47
Besuch auf dem Mond	50
Pandemie	53
Freundes Traum	55
Bedrohung	69
Manipulation der Zeit	72
Erklärung	77
Höllenqualen	79
Neue Freunde	82
Erholung und Spaghetti	86
Die Fliege	88
Vorbereitung	90
Die Aufgabe	93
Ausführung	98

Eine merkwürdige Welt 102
Neue Gefahr 114
Lange Leitung 117
Schatten 120
Alien 122
Der Aufzug 129
Das Tor 130
Was ist Realität? 135
Die verlorene Stadt 138
Zurück auf den Mond 150
Das Opfer 152
Epilog 156
Die Grafiken und Künstler 158

Vorwort

Was ist real? Was Realität?

Können wir sicher sein, überhaupt in einer realen Welt zu leben? Ist das, was wir Leben nennen, nicht vielleicht nur ein Traum?
Vor Jahren gab es im TV einen interessanten Spielfilm. Sein Titel: „Welt am Draht".

Kurz zusammengefasst: Einer Gruppe von IT-Spezialisten war es gelungen, in einem riesigen Computer eine kleine Welt mit allem, was dazugehörte zu simulieren. Die in dieser Simulation lebenden Menschen waren fest davon überzeugt, real zu existieren.

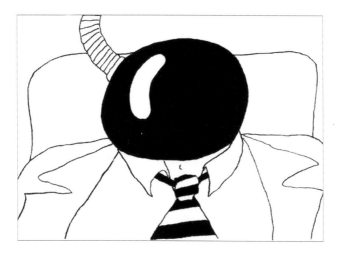

Mit Hilfe einer besonderen Schnittstelle konnte sich einer der Wissenschaftler – natürlich nicht körperlich – in diese Welt geben und an dem dortigen Leben teilhaben.

Und dann beging der Leiter dieser wissenschaftlichen Einrichtung völlig unerwartet und unerklärlich Selbstmord.

Warum?

Eines Tages tauchte plötzlich aus dem Nichts ein Mann in dem Labor auf, in dem der Leiter gerade Berechnungen für eine Erweiterung der virtuellen Welt vornahm.

Eindringlich und ziemlich energisch forderte dieser Mann den Wissenschaftler auf, ihn in die wirkliche, reale Welt zu lassen. Auf die Erklärung, dies sei die reale Welt, entgegnete der Fremde: „DU meinst, dies wäre die reale Welt…"
Kurze Zeit später beging der Wissenschaftler Selbstmord.

In diesem Roman nun wird die Geschichte eines Mannes erzählt, dessen Identität nicht preisgegeben wird. Dies erleichtert dem Leser, sich in seine Person ohne Probleme hineinzuversetzen.

Aber ist es nur ein phantastischer Roman?

Die Beantwortung dieser Frage bleibt jedem Leser selber überlassen. Ein Hinweis sei aber doch gegeben: Einige hier beschriebene Gegebenheiten beruhen auf „realen" Vorkommnissen…

Doppelt

Alles begann an einem schönen Tag Anfang August.

Ich war auf dem Heimweg. Ich hatte meine Mutter, die in einem Seniorenwohnheim wohnte, besucht. Ich war mit dem Bus gefahren, da ich kein Auto hatte. Nebenbei bemerkt: Ich vermisste es auch nicht.

Ich wollte die Gelegenheit nutzen und noch einige Einkäufe in einem Supermarkt tätigen, bevor ich mich wieder meinem Roman, an dem ich gerade arbeitete, widmete. Also stieg ich ein paar Haltestellen früher aus, als ich eigentlich musste.

Beim Aussteigen hatte ich plötzlich das Gefühl, dass meine Brille verrutscht wäre. Ich sah alles leicht doppelt und ein unwirkliches Gefühl beschlich mich. Der fast automatische Griff zur Brille zeigte mir, dass diese richtig auf meiner Nase saß. Ich dachte sofort daran, dass ich heute noch nichts getrunken hatte – nee, keinen Alkohol – ich war strikter Anti. Ab und zu mal ein Pils, wenn ich mit Freunden essen war, gönnte ich mir aber schon; der besseren Verdauung wegen!

Das unwirkliche Gefühl verstärkte sich und ich fühlte mich irgendwie am falschen Ort, als wäre ich „in einem falschen Film". Nun war ich von Natur aus nicht leicht aus der Ruhe zu bringen. Das hatte mir schon oft geholfen, brenzliche und unangenehme Situationen zu überstehen. Solange alles so war, wie ich es in Erinnerung hatte, machte ich mir keine Sorgen.

Das änderte sich aber schlagartig, als ich den Supermarkt betrat. Bisher hatte ich immer genau gewusst, wo das Gesuchte zu finden war. Schnell rein, die benötigten Sachen aus den Regalen genommen, zur Kasse und schnell wieder raus – das war meine Devise. Nun aber stutzte ich. Ich hatte etwas direkt aus dem ersten Regal am Eingang nehmen wollen und hatte meine Hand schon erhoben. Aber das erwartete Regal war nicht da! Der ganze Eingangsbereich war nicht so, wie er sein sollte. Nun gut, hier war wohl einiges umgestellt worden und so dauerte es etwas, bis ich das Gesuchte gefunden hatte. Nun wurde mir aber doch etwas mulmig. Die restliche Aufteilung des Supermarktes war zwar wie gewohnt, aber das Gefühl, nicht am richtigen Ort zu sein, verstärkte sich.

Nur nichts wie raus hier, dachte ich und steuerte auf die Kassen zu. Da ich den Supermarkt mindestens zweimal die Woche besuchte, kannte ich alle Kassiererinnen – meinte ich. Nun saßen dort nur mir fremde Frauen. Der „Doppelblick" verstärkte sich etwas. Nun bloß nicht die Nerven verlieren!

Ich konzentrierte mich und verließ mich nun ganz auf meine Erinnerung wo und wie alles war. Dabei wurde das Gefühl, dass etwas nicht stimmte – das ich am falschen Ort war – immer stärker. Und das, obwohl von nun an alles so war, wie es sein sollte. Selbst der Rückweg zur

Bushaltestelle, den ich vor ein paar Minuten ja schon mal gegangen war, kam mir aber unwirklich vor.

Aufmerksam und konzentriert sah ich mich immer wieder um, da ich befürchtete, mich zu verlaufen. Aber bis auf dieses Gefühl war alles wie immer. Was war bloß los?

Ich musste daran denken, dass ich nur sehr ungerne Fahrstühle benutzte. In jungen Jahren hatte ich immer die Befürchtung gehabt, dass sich die Türen nicht dort öffneten, wo ich eigentlich hinwollte. Und damit war nicht ein falsches Stockwerk gemeint. Eher so ala „Fahrstuhl in die Vergangenheit" oder so.

Entgegen meiner aufkeimenden Befürchtung fuhr der Bus die bekannte Strecke und hielt auch an der gewohnten Haltestelle. Immer noch „doppelsichtig" ging ich vorsichtig den Weg zu meiner Wohnung. Nun fehlt nur noch, dass der Hausschlüssel nicht passt, schoss es mir durch den Kopf. Aber er passte!

Als ich aber die Wohnungstür aufgeschlossen hatte, blieb ich erstarrt stehen. „Wo bist du so lange gewesen", tönte mir die keifende Stimme einer Frau entgegen. Also, das war nicht meine Frau, wie ich sie kannte. Meine Frau war eine nette liebevolle Frau mit einer meist immer netten freundlichen Stimme. Aussehen tat sie allerdings wie meine Frau, sah mich aber mit einem stechenden unfreundlichen Blick an.

„Ich war noch einkaufen", murmelte ich überrascht und leicht schockiert. Ich verstaute die gekauften Sachen an ihren Platz in der Küche und flüchtete erst einmal auf die Toilette. Als ich mich wieder einigermaßen gesammelt hatte, beschloss ich, meinen Verleger und Freund anzurufen und mich nach dem Stand des Verkaufs meiner bisherigen Bücher zu erkundigen. „Was willst du denn schon wieder", tönte es aggressiv und unfreundlich aus dem Hörer. Ich schluckte; das war doch nicht mein Freund! „Oh, Tschuldigung; hab mich verwählt", stotterte ich und unterbrach die Verbindung. Einen Augenblick blieb ich unbeweglich an meinem Schreibtisch sitzen. Nun wusste ich mit Sicherheit: Hier stimmte etwas nicht!

Die besten Ideen für den Fortgang der Handlungen in meinen Romanen hatte ich immer im Bett – kurz vor dem Einschlafen. Vielleicht half mir das ja auch bei der Lösung dieses Problems. Also legte ich mich, so wie ich war, aufs Bett und versuchte, mich zu entspannen. Was natürlich nicht leicht war und auch durch die immer noch vorhandene „Doppelsichtigkeit" nicht gerade gefördert wurde. Doch es dauerte nicht lange und ich schlief ein.

„Ist alles in Ordnung?" Die besorgte, aber freundliche Stimme meiner Frau weckte mich. „Du gibst so komische Geräusche von dir", klärte sie mich auf. Ich atmete tief durch; die „Doppelsichtigkeit" und dieses unwirkliche Gefühl waren weg.

„Nein, nein", murmelte ich. „Der Besuch bei meiner Mutter war wohl nervenaufreibender als gedacht", wiegelte ich nachdenklich ab.

Das Klingeln des Telefons bewahrte mich vor weiteren Erklärungen. Mein Verleger war am anderen Ende. „Hi, du lebst ja noch", begann dieser das Gespräch. „Hast ja lange nichts von dir hören lassen." Nun ja, wenn man gewöhnlich jeden Tag mit einander telefoniert, dann ist ein Tag schon mal eine lange Zeit. „Ich will dich nur informieren, dass gerade eine große Buchhandelskette 100 deiner Romane bestellt hat. Ist doch toll, was?"

„Toll", antwortete ich kurzsilbig.

„Hä? Was'n mit dir los", ließ sich mein Freund vernehmen. „Du tust ja gerade so, als wäre das das Normalste der Welt."

„Nein, nein. Ist natürlich großartig. Ich... Ich bin... äh, mit meinen Gedanken im Augenblick ganz wo anders", stotterte Ich. „Ich muss erst mal beikommen. Ich erzähl's dir später."

„OK, dann störe ich nicht länger", entgegnete mein Freund und Verleger. „Aber melde dich bald, ja?"

„Versprochen", sagte ich und unterbrach die Verbindung.

„Ich will jetzt aber sofort wissen, was mit dir los ist." Die ruhige nette Stimme meiner Frau gab mir das gewohnte Selbstbewusstsein wieder.

„Es ist nichts Schlimmes. Gib mir nur bitte etwas Zeit. Ich hab da einiges zum Nachdenken." Ich sah meine Frau bittend an. Sie nickte verständnisvoll und widmete sich wieder ihrem Hobby.

Später erzählte ich ihr, was mir passiert war. Da sie mich kannte und daher genau wusste, dass ich mit sowas keine Scherze treiben würde, fragte sie mich leicht beunruhigt, ob ich nicht besser einen Arzt aufsuchen sollte. Aber was für einen Arzt sollte ich konsultieren? Ich beruhigte sie und versprach, dies zu tun, sollte es sich wiederholen.

Meine Gedanken über diesen Vorfall gingen in eine ganz andere Richtung!

Ich legte mich also wieder ins Bett und versuchte, in diesen Zustand kurz vor dem Einschlafen zu gelangen. In diesem Zustand konnte ich am besten nachdenken und hatte oft auch gute Ideen für den Fortgang meiner Romane. Aber diesmal schlief ich fast augenblicklich ein.

Mein Leben sollte sich alsbald grundlegend ändern!

Der erste Kontakt

Ich saß vor meinem Blockhaus am See. Ich hatte es mir auf einem Gartenstuhl auf der Terrasse, die bis über das Ufer reichte, gemütlich gemacht und versuchte, an nichts zu denken.

Hinter dem Haus erstreckte sich eine saftig grüne Naturwiese. Rundherum wurde diese von einem dichten urtümlichen Wald begrenzt. Im Hintergrund war der Beginn eines Gebirges zu erkennen. Das Wasser des Sees war spiegelglatt, kein Windhauch ging und es war merkwürdig ruhig.

Also alles, um richtig auszuspannen und sich seinen Tagträumen hinzugeben.

Und genau das war die Gefahr! Denn dies hier war ein merkwürdiger, um nicht zu sagen überirdischer Ort.

Denn hier wurden Träume und Wünsche wahr! Das ist doch toll, meinen Sie?

Dann will ich Ihnen einmal von diesem Ort erzählen.

Schöner alter Wald, eine grüne Wiese, kein Wind, kein Ton. Wo sind die Vögel? Käfer und surrende Insekten? Auch Hasen oder Kaninchen würde man erwarten – nichts!

Kaum hatte mein Bewusstsein diese Fragen gestellt, erhob sich ein Zwitschern von Vögeln, Insekten summten um mich herum, und die Oberfläche des Sees wurde von einer leichten Brise gekräuselt. Fasziniert sah ich einer großen Libelle nach, die kurz vor meinem Gesicht in der Luft verharrt hatte und nun Kurs auf das Seeufer nahm.

Tja, so geht das hier! Kaum an etwas gedacht, schon ist es da. Das ist doch toll, meinen Sie? Nun, warten Sie's ab.

Als ich zum ersten Mal an diesen Ort kam, gab es hier nichts. Einfach nur eine Ebene – flach – so unendlich weit, dass man das Ende nicht sehen konnte.

Wieso ich gerade in diesem Moment an einen See, ein Blockhaus inmitten einer Wiese, umgeben von einem Wald denken musste, weiß ich nicht mehr. Auf jeden Fall war genau dies nach einem Wimpernschlag meinerseits da. Einfach so.

Neugierig ging ich in das Haus. Leer – nichts – nur kahle leere Wände. So hatte ich mir das aber nicht vorgestellt! Nein? Dann vielleicht so?

Plötzlich war da an einer Seite ein gemauerter Kamin, daneben führte eine Tür in einen weiteren Raum. Nach vorne, Richtung See gab es plötzlich auf jeder Seite der Eingangstür ein großes Butzen-Fenster. Ebenso auf der gegenüberliegenden Seite. Eigentlich fehlen im Hintergrund noch ein paar Berge dachte ich gerade – und voila – wie wär's denn damit?

Sie können sich sicherlich vorstellen, dass ich ziemlich perplex war. Wo war ich hier? Und – wie bin ich überhaupt hierhergekommen?

Nun bin ich ein Mensch, der nicht so leicht in Panik verfällt – es war ja auch keine direkte Bedrohung für mich sichtbar.

So plötzlich, wie der Spuk – war es ein Spuk gewesen? – gekommen war, war er auch wieder verschwunden. Ich lag in meinem Bett. Etwas verwirrt sah ich auf meinen Wecker. Gerade mal eine Stunde war vergangen. Während ich versuchte, meine Gedanken zu sortieren und über das Erlebte nachzudenken, schlief ich wieder ein.

Dass es sich um keinen normalen Traum gehandelt haben konnte, merkte ich am nächsten Morgen. Ich konnte mich nämlich an jede Kleinigkeit erinnern. Normalerweise konnte ich mich schon sehr kurz nach dem Erwachen nicht mehr an das Geträumte erinnern, meist blieb nur ein Gefühl zurück und das schon mal ziemlich lange.

Ich hatte das Glück, dass ich mir als freischaffender Schriftsteller meinen Tag so einteilen konnte, wie ich wollte und so beschloss ich, nach einem guten Frühstück für heute die Arbeit Arbeit sein zu lassen. Ich wollte über das Geschehene nachdenken und bald schon machte sich ein Verdacht in mir breit. Ich harrte der Dinge, die kommen würden – dass noch mal etwas passieren würde, dessen war ich mir sicher.

Und so war es auch einige Tage später. Ich hatte wieder einige Einkäufe in dem schon bekannten Supermarkt getätigt und befand mich auf dem Weg „Richtung Heimat". Ich hatte beschlossen, den nicht allzu langen Weg heute einmal zu Fuß zu gehen, denn schließlich würde ich wieder lange vor dem

Computer sitzen und an meinem neuen Roman schreiben. Und ein wenig Bewegung schadet ja bekanntlich nicht.

Ich war noch nicht weit gekommen, da schlug die Doppelsichtigkeit so plötzlich und stark zu, dass ich ins Stolpern geriet. Die Sehbeeinträchtigung verging zum Glück so schnell, dass ich mich fangen konnte und nicht hinfiel. Tief Luft geholt – und ich sah vor mir einen kleinen im Sonnenlicht in allen Regenbogenfarben funkelnden Gegenstand auf dem Bürgersteig liegen und dicht daneben ein Ein-Cent-Stück. Prinzipiell bücke ich mich für ein Ein-Cent-Stück, wie ich es auch schon seit jeher mit einem Ein-Pfennig-Stück gemacht habe. Denn das waren für mich immer Glückspfennige gewesen!

Natürlich hob ich auch den funkelnden Gegenstand auf. Es handelte sich um einen Ohrstecker. Ich steckte ihn in meine Jackentasche und legte ihn später oberhalb des Zahlenblockes auf meine PC-Tastatur.

Nachdem ich den getätigten Einkauf in der Küche verstaut hatte, fühlte ich mich mit einem Mal ziemlich müde und leistete mir den Luxus, mich am helllichten Tage aufs Bett zu legen. Meine Frau kannte das schon, da ich das oft machte, wenn ich mit meinem Roman nicht weiterkam. Sie sagte also dazu nichts weiter, und ich schlief sofort ein.

Da saß ich nun auf dem Gartenstuhl auf meiner Terrasse in dieser merkwürdigen Welt, versuchte mich zu entspannen und bloß an nichts zu denken. Früher einmal, in jungen

Jahren, war mir das leichtgefallen. Jetzt musste ich mich sehr konzentrieren, um meinen Geist leer zu bekommen und auch zu halten.

Schön blöd von mir, denken Sie vielleicht. Ich könnte mir doch einen Sack voll Geld oder ein tolles Auto wünschen! Ach ja?

Dann hatte ich es geschafft. Ich dachte wirklich an nichts – an absolut nichts. Das Gefühl, das ich früher dabei hatte, stellte sich wieder ein. Vielleicht war es so etwas wie Selbsthypnose – egal! Jedenfalls fühlte ich mich sauwohl und irgendwie auch sicher und behütet.

Nach einiger Zeit löste ich langsam und vorsichtig meine Konzentration. Ich stand auf und ging, immer peinlichst darauf bedacht, an nichts zu denken, an das Ufer des Sees und hob einen Stein, der mir aus irgendwelchen unerklärlichen Gründen ins Auge fiel, auf und steckte ihn in meine Hosentasche. Dann ging ich wieder zurück auf meinen Stuhl und wartete – und schlief ein. Aber, wie ich später noch erleben sollte, war das keine gute Idee gewesen – das Einschlafen. Diesmal hatte ich noch einmal Glück gehabt.

Ich lag in meinem Bett, als ich erwachte. Ich holte tief Luft und griff an die Stelle, wo die Hosentasche sein sollte. Aber natürlich hatte ich mein Nachtzeug an – und da hatte die Hose keine Tasche. Was war mit dem Stein?

Ich beschloss, die beiden „Träume" – und die evtl. folgenden – aufzuschreiben. Das fiel mir nicht schwer, da ich mich ja, wie bereits gesagt, an jede Kleinigkeit erinnern konnte. Ein wenig verwunderte mich das, da ich mich normalerweise kaum an etwas erinnern konnte, das – wie man so schön sagt – gestern geschehen war.

Wieder vergingen einige Tage, an denen nichts passierte. Ein Notizblock lag immer griffbereit auf meinem Schreibtisch.

Ich stand wieder auf meiner Veranda. Ich setzte mich auf den Gartenstuhl, der auf mich gewartet zu haben schien. Wieder streng darauf bedacht, an nichts zu denken, sah ich mich um. Irgendetwas würde heute geschehen, das spürte ich ganz deutlich.

Aber erst einmal schoss ein Gedanken in den Kopf: Eigentlich ideales Angelwetter! Vor mir lag eine komplette Angelausrüstung! Automatisch nahm ich eine Rute hoch. Dann dachte ich: Nein, das kann es nicht sein – weg war die Ausrüstung!

Ich konzentrierte mich und plötzlich fühlte ich eine Präsenz. Etwas – jemand – war hier! Ich ließ nicht in meiner Konzentration nach – leerte meinen Kopf. Plötzlich sah – nein fühlte – ich neben mir auf der Terrasse eine schemenhafte Gestalt. Langsam nahm sie deutlichere Konturen an und ich vermeinte eine vielleicht zwei Meter große menschenähnliche Gestalt mit schmetterlingsähnlichen Flügeln zu sehen. Ein Engel?

„Du verstehst!", erklang es in meinem Kopf. Kam das von mir? Aber sofort „wusste" ich, dass dem nicht so war. Die schemenhafte Gestalt neben mir war der Absender.
„Ja. Fürchte dich nicht! Dir geschieht nichts! Wir wollen nur kommunizieren."
„Ich fürchte mich nicht!", antwortete ich in Gedanken in der Hoffnung, dass mich diese Präsenz verstehen könnte. Sie

strahlte eine Güte und einen Frieden aus, und ich tauchte darin ein…

„Ich bin nur neugierig. Was ist das hier für ein Ort und wer seid ihr?"

„Ich verstehe dich sehr gut!", materialisierte in meinem Kopf. Erst jetzt nahm ich wahr, dass diese Präsenz in einer mir unbekannten Sprache „gedacht" hatte, die ich aber ohne Probleme verstand.

„Du hast viele Fragen, zu viele auf einmal! Ich erkenne eine Menge in deinem Geist!"

Die Präsenz machte eine Pause und überließ mich meinem wohligen Gefühl und ich zwang mich dazu, nicht alle meine Fragen herausprudeln zu lassen. Wenn die Zeit gekommen war, würde ich alle Antworten bekommen – das wusste ich.

„Stimmt!", ließ sich die Präsenz vernehmen. „In Ruhe und Geduld liegen Kraft und Erkennen!"

Je länger diese Unterhaltung andauerte, desto einfacher fiel es mir, die nötige Konzentration aufrechtzuhalten.

„Wir nennen uns Isazana. Jeder einzelne von uns hat keinen Namen. Wir erkennen uns auch so. Jeder von uns hat seine eigene – du würdest sagen – Ausstrahlung. Da für uns Raum und Zeit keine Bedeutung haben, sind wir quasi immer zusammen, können uns aber, wenn wir das Bedürfnis nach Einsamkeit haben, auch in uns selbst zurückziehen."

Er oder es oder sie machte wieder eine Pause.

„Du kannst mich Mahel nennen. Materielle Wesen brauchen Namen, um sich zu erkennen! Ich wurde von der Gemeinschaft der Isazana ausgewählt, um mit dir in Verbindung zu treten. Es gelingt nur selten, mit einem materiellen Wesen in Kontakt zu treten. Aber du wurdest auf unserer äonenlangen Suche gefunden. Du hast die äußerst seltene Fähigkeit, mit uns in Verbindung zu treten."

Nach einer weiteren kurzen Pause übermittelte Mahel: „Wir müssen nun den Kontakt abbrechen. Dein Körper braucht Ruhe. Bald können wir uns leichter und länger unterhalten. Jetzt geh wieder zurück in deine materielle Welt und erhole dich!"

Das wohlige Gefühl von Güte und Friede verebbte – und ich lag in meinem Bett. Ein Blick zur Uhr zeigte, dass etwa anderthalb Stunden vergangen waren, seit ich mich hingelegt hatte. Mit einem Nachhall des wohligen Gefühls schlief ich sofort wieder ein. Ich und mein Körper müssen wohl ziemlich erholungsbedürftig gewesen sein.

Als ich am späten Morgen erwachte, stürzte ich sofort zu meinem Notizblock und schrieb alles auf.

Der Schlüssel

Ich hatte mir meine Couch in mein Büro gestellt. Keine schlechte Idee – wie sich bald herausstellen sollte.

Diese Glasperle, die ich gefunden hatte, blitzte einmal kurz auf, mein Blick „verdoppelte" sich, und ich schaffte es gerade noch, mich auf die Couch zu legen, bevor ich vom Bürostuhl gerutscht wäre. Ich war gerade dabei gewesen, meine Notizen in ganzen Sätzen zu formulieren.

Ich stand auf der Veranda meines Blockhauses. Mahel war schon da.
„Es funktioniert ja. Es wäre noch einfacher, wenn du den Schlüssel berühren würdest", übermittelte er mir.
„Welchen Schlüssel?", antwortete ich und ein Verdacht kam mir.
„Diese Perle, die du meinst, gefunden zu haben! Hast du sie dir einmal genau angesehen? Sie besteht nicht aus Glas oder Sonst was. Sie besteht aus reiner Energie und jedes Teilchen, das in ihr flimmert, ist ein Teil eines Isazanas. Viele haben ein kleines bisschen ihrer Lebensenergie für den Schlüssel geopfert, damit wir leichter mit dir in Kontakt treten können."

Mein Verdacht war zur Gewissheit geworden.

„Du könntest es uns noch einfacher machen, wenn du ihn berühren würdest. Und mit der Zeit wird er dir auch helfen, deine Gedanken in der Traumwelt abschirmen zu können, damit du entscheiden kannst, was real wird."

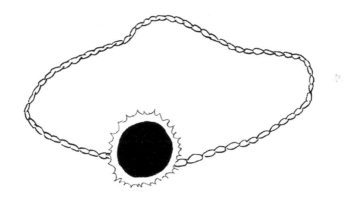

Verwundert fragte ich: „Warum ich? Warum das alles?"
„Du hast eine äußerst seltene Fähigkeit in diesem Universum! Du konntest schon ohne unsere Hilfe in die Traumwelt überwechseln. Nur ist dir das nicht bewusst gewesen. Das hat uns aber geholfen, dich zu finden."
„Und ja, das alles hat einen Sinn: Wir brauchen deine Hilfe."
„Wie sollte ich euch helfen können?", rutschte mir heraus. „Und wobei?"
„Diese Frage wolltest du nicht wirklich stellen!", übermittelte mir Mahel.
Mahel drückte das mit solcher Sicherheit aus, dass ich zuerst ziemlich erstaunt war. Doch er hatte Recht! Es war die Frage eines vorlauten unreifen Kindes gewesen. Und das von mir! Wo ich doch meinte, über Schicksal, Vorsehung und Karma Bescheid zu wissen.

„Denke doch nicht so überheblich! Das bist doch nicht du! Du weißt doch, dass du noch ein Kind bist! Und dass du in der materiellen Welt immer eins bleiben wirst!"

„Du brauchst dich nicht zu entschuldigen!", übermittelte mir Mahel, bevor ich in dieser Richtung etwas denken konnte. Wie gut er mich kannte – ich wollte es gerade tun.

„Lerne mit dem Schlüssel umzugehen!" Das war eine Bitte, wie ich deutlich „spürte".

„Bald werde ich dich wissenlassen, wie du uns helfen kannst. Es ist deine freie Entscheidung! Du musst nichts! Aber deine Entscheidung wird weitreichende Folgen haben. Positive! Doch sei unbesorgt, das Schicksal wird nichts von dir fordern, was du nicht erfüllen kannst."

„Doch nun geh zurück. Dein Körper braucht Ruhe und dein Geist sicherlich auch." Mit diesen Worten – nein Gedanken – verschwand Mahel.

Ich lag wieder auf meiner Couch in meinem Arbeitszimmer. Ich blieb liegen, um über das Gehörte nachzudenken.

Meine Frau kam ins Zimmer. „Du musst aber tief geschlafen haben", sagte sie. „Ich habe dich dreimal gerufen."

Ich sah sie wortlos an und bedeutete ihr, sich neben mich zu setzen. Während ich ihr erzählte, was ich gerade erlebt hatte, machte ich mir Notizen.

Mit großen Augen blickte sie mich an. „Pass bitte auf dich auf", war alles, was sie sagte. Was für eine Frau hatte ich doch!

„Solltest du mich so daliegen sehen – du wirst schon wissen, wann – berühre mich bitte nicht. Ich weiß noch nicht, was und ob überhaupt dann etwas passiert. Versprich mir das."

„Jetzt, wo ich Bescheid weiß… Aber bitte, pass auf dich auf", wiederholte sie zum Schluss.

„Versprochen!", antwortete ich und fragte: „Was war denn los?"

„Dein Verleger hat angerufen. Du sollst dich mal melden."

„Danke." Ich nickte, aber ich musste erst einmal „zurückkommen"!

Alptraum

Sie meinen, es wäre eine feine Sache, wenn alles, was man sich so vorstellt, real wird?
Dann haben Sie nicht an das Unterbewusstsein gedacht – das kann schon Mal böööse Streiche spielen! Sehr böse!
Die Traumwelt ist kein denkendes Wesen! Die Traumwelt kann nicht unterscheiden, ob gewollt oder nicht. Was gedacht wird, wird real!

Ich saß an meinem Schreibtisch und schrieb an diesem Buch weiter. Während ich mit meiner Frau gesprochen hatte, hatte ich gleich viele Notizen gemacht, die ich nun „zu Papier brachte".
Immer wieder sah ich zu dem Schlüssel, der ja auf meiner Tastatur lag.

Als ich meine Notizen abgearbeitet hatte, nahm ich die Perle in die Hand und legte mich auf die Couch. Ich versuchte mich zu entspannen, hatte aber keine große Hoffnung, dass mir dies gelingen würde. Zu viel ging mir im Kopf herum. Doch wider Erwarten war ich fast augenblicklich auf meiner Veranda in der Traumwelt. Ich legte den Schlüssel – wieso hatte ich den Schlüssel eigentlich dabei? Das erste Mal, dass ich etwas mit in diese Welt nehmen konnte. Sogar meine Kleidung hatte ich immer erst „entstehen" lassen müssen – auf den Tisch, den ich entstehen ließ und setzte mich in den Gartenstuhl, der immer noch an seinem Platz stand.

Erschaffte ich diese – meine – Welt immer wieder neu, wenn ich hier ankam, oder existierte sie auch, wenn ich nicht hier war? Ich musste an Schrödingers Katze denken.

Aber egal! Ich wollte ein wenig entspannen und nachdenken.

Eh ich mich versah, war ich eingeschlafen. Wer nicht hören will, muss fühlen!

Ich hatte einen scheußlichen Traum!

Eine große Katastrophe war über die Welt hereingebrochen. Eine ansteckende Krankheit – keiner wusste, wo sie hergekommen war – hatte 90% der Menschen dahingerafft. Diesmal waren keine Geheimdienste oder sonst welche Organisationen daran schuld.

Die wenigen Überlebenden kämpften, jeder gegen jeden, um's nackte Überlegen. Rücksicht gab es keine. Jeder war sich selbst der Nächste.

Auch ich war unter den Überlebenden. Auch ich musste mich brutal wehren und um die wenigen noch vorhandenen Lebensmittel kämpfen. Und auch ich nahm keine Rücksicht auf andere.

Ich konnte nicht mehr ruhig schlafen, und wenn ich alleine war, weinte ich und schrie meine Seelenqual heraus. Was war nur aus mir geworden!?

„Komm zurück!", materialisierte in meinem Kopf, gerade, als meine Pein am größten war.

„Komm zurück!"

Plötzlich kam mir die Stimme bekannt vor. Ich klammerte mich aller Kraft an sie.

„Komm zurück! Komm zurück! Komm zurück!", hämmerte es in meinem Kopf.

Langsam verblasste diese grausame Welt, und mein Blockhaus (mein Blockhaus?) am See nahm Gestalt an. Aber wie sah es hier aus?

Das Haus fast zur Gänze abgebrannt, die Veranda und der ehemals schöne Steg zerstört, Stuhl und Tisch zerbrochen…

Verzweifelt suchte ich den Schlüssel, der ja auf dem Tisch gelegen hatte. Dann sah ich ihn: Er lag unter dem zerbrochenen Tisch. Sofort hob ich ihn auf und umschloss ihn mit meiner Hand.

Ich hatte ihn gerade noch rechtzeitig gefunden, denn in der Ferne kam eine Horde zerlumpter Gestalten brüllend in meine Richtung.

Ich konzentrierte mich auf den Schlüssel – und plötzlich war wieder alles so, wie ich es kannte – und wie es sein sollte. Nicht weit von mir erkannte ich Mahel. Ich spürte seinen leichten Vorwurf. Es bedurfte keiner Worte bzw. Gedanken.

„Du musst vorsichtiger sein, bis du den Schlüssel richtig beherrschst. Zu deinem Glück hast du ihn mit hergebracht, sonst hätte ich dich kaum finden können. Auch wir unterliegen Grenzen!"
„Du bist noch nicht soweit!"

Ich wollte nur noch nach Hause. Als ich wieder auf meiner Couch lag, legte ich den Schlüssel neben mich auf die Erde und viel in einen tiefen traumlosen Schlaf. Irgendwann war meine Frau ins Zimmer gekommen, sah, dass ich atmete und schloss leise die Tür.

Ja, so ist das, wenn Träume wahr werden!

Erste Erklärung

Ich brauchte einige Tage, bis ich wieder ganz „hier" war. Dann erst nahm ich den Schlüssel wieder zur Hand. Kurz konzentriert – und ich stand wieder auf meiner Veranda. Ich sah mich um. Es war nicht alles so, wie es sein sollte. Aber nicht lange. Nachdem ich alles wieder in den vorherigen Stand gebracht hatte, setzte ich mich in den Gartenstuhl und konzentrierte mich auf Mahel. Dabei hielt ich den Schlüssel fest in der Hand.

Fast sofort erschien er. Er strahlte ein freudiges Gefühl aus.

„Es wird… Wir haben deinen Ruf sofort laut und deutlich vernommen. Um deiner Frage zuvorzukommen: Jeder Traum führt in eine Traumwelt. Das wissen nur sehr wenige. Und die es wissen, haben nicht die Fähigkeit zu erschaffen – so wie du."

Ich holte tief Luft.

„Du willst zu viel auf einmal wissen… In der Geduld liegt Wissen und Kraft!"

„Du warst in einer möglichen Realität! Das, was du erlebt hast, war real! Um dir zu helfen, mussten wir diese Realität erst finden. Auch wir sind nicht allwissend! Und du hattest den Schlüssel nicht dabei! Hänge ihn dir am besten an einer Kette um den Hals, dann hast du ihn immer bei dir."

„Du weißt, dass mich das Erlebte sehr getroffen hat", dachte ich. „Könnt ihr da nicht helfen, wenn es doch real ist?"

„Nein. Wir können nicht in der materiellen Welt eingreifen. Auch wenn wir es könnten – wir dürften nicht. Wie du schon weißt: Auch wir müssen uns an Regeln halten. Und ein Verstoß gegen diese Regeln werden hart bestraft. Nenne sie die Oberste Direktive!"

„Oberste Direktive? Wessen Direktive sollte das sein, dass sogar ihr daran gebunden seid?", dachte ich.

Ein Gefühl von Hochachtung und Liebe begleitete Mahels nächste Gedanken.

„Du würdest es Gott nennen. Du hast darüber schon geschrieben. Du liegst mit deinen Gedanken gar nicht so verkehrt. Gut, die Feinheiten hast du noch nicht erkannt. Nur so viel: Das ganze Universum beruht auf dem Gedanke Gottes – auch wir."

„Doch nun gehe wieder zurück. Deine Zeit wird kommen!"

Vorstellung

Das nächste Kapitel wird nur relativ kurz. Aber da Sie mich schon einige Male in die Traumwelt begleitet haben, möchte ich Ihnen einige Informationen auf den weiteren Weg mitgeben, bevor Sie ohne meine Begleitung in eben diese abgleiten.

Allschöpfer

Wie Mahel ja bereits mitgeteilt hatte, ist er der Schöpfer des Universums und damit allen Existierenden. Wer ihn „erschaffen" hat, wissen selbst die Isazana nicht.

Er erschuf alles nach seiner Idee und Kraft seines Willens. Ist das ganze Universum mit allem darin nur ein Traum?
Oder gar „nur" so etwas wie ein Computerprogramm?
Könnte dann einer „den Stecker ziehen"?

Isazana

Die Isazana, wie sich diese Entitäten für mich nennen, gehören keiner einzelnen Rasse an. Sie tun das in dem Wissen, dass der menschliche Geist Namen braucht, um sich zurechtzufinden. Nach menschlichem Ermessen sind sie teilweise uralt – fast so alt wie das Universum.

Im Laufe der Äonen, in denen dieses Universum existiert, gelang es immer einzelnen Wesen, wir würden sagen:

aufzusteigen, ihren materiellen Körper abzulegen und als geistige Energie theoretisch unsterblich weiter zu existieren. So finden sich einzelne ehemals körperliche Wesen der Rassen des gesamten Universums unter den Isazana. Dachten Sie etwa, wir Menschen wären die einzigen intelligenten Wesen? Je- doch gibt es bei weitem nicht so viele von ihnen, wie es etwas Menschen gibt!

Da für sie Zeit nicht existiert – Vergangenheit, Gegenwart und Zukunft eins ist – finden sie sich in unserer dreidimensionalen materiellen Welt nicht mehr so leicht zurecht. Sie brauchen Bezugspunkte. Ganz selten nur finden sie ein körperliches Wesen, das so ein Marker ist.

Finden sie einmal so ein Markerwesen, stehen sie ihm im Rahmen ihrer Möglichkeiten bei und helfen bei seinem „Aufstieg". Allerdings haben sie dafür nur begrenzte Mittel. Die „Oberste Direktive" haben Sie ja schon kennengelernt.

Mahel

Mahel stammte von einer der ältesten Rassen in unserem Universum ab. Von Anfang an war sie äußerst friedliebend und nicht auf materiellen Besitz aus.

Jeder Einzelne dieser Rasse entwickelte besondere geistige Fähigkeiten, setzte sie aber nie gegen anderes Leben ein, denn sie achteten alles Leben und fühlte eine starke Bindung zu ihm. Wo sie konnten, halfen sie, ohne eine Gegenleistung zu erwarten. Viele Millionen Jahre verließen sie ihren

Planeten nicht. Warum sollten sie auch? Hatten sie sich doch ein Paradies erschaffen.

Aber alles im Universum ist auch dem Vergehen unterworfen. So auch ihre Heimatsonne. Als sie die ersten Anzeichen ihres Endes erkannten, beschlossen sie, sich eine neue Heimat zu suchen. Aber ein anderer Planet einer anderen Sonne kam für sie nicht in Betracht. Jeder Planet, den sie anfangs in Erwägung gezogen hatten, trug schon die ersten Keime eigenen Lebens. Sie hätten mit ihrer Ankunft die eigenständige Entwicklung beeinflusst.

Raumschiffe brauchten sie nicht. Mit Hilfe ihrer geistigen Fähigkeiten konnten sie jeden Ort im Universum ohne Zeitverlust erreichen. Und so beschlossen sie, ihre materiellen Körper aufzugeben und in eine höhere Dimension aufzusteigen. Im Laufe der nächsten tausenden von Jahren verließen sie so ihren dem Untergang geweihten Planeten und streiften von nun an durch Raum und Zeit. Da sie nun aber keine Möglichkeit mehr hatten selbst in der materiellen Welt zu agieren, suchten sie nach anderen Möglichkeiten. Und ganz selten hatten sie Glück.

Ikne

Auch Ikne werden Sie noch kennenlernen. Er kommt von einem Planeten namens Omo. Omo war ein Wasserplanet. Die Bewohner dieses Planeten sahen aus wie unsere Fische. Da weite Teile der Oberfläche nur mit einer dünnen Schicht Wasser bedeckt war, benutzen sie irgendwann ihre

Vorderflossen, um sich am Grund wie unsere Schlammspringer fortzubewegen.

Die Evolution hatte ihre vorderen Gliedmaßen mit feinen Greifwerkzeugen ausgestattet, mit denen sie hervorragend umgehen konnten.

Auch Omo verging im ewigen Spiel von Werden und Vergehen und ebenso wird es einmal unserer Erde treffen – wenn wir es nicht sogar selber besorgen!

Klukks

Klukks werden Sie noch kennenlernen. Er stammte von einem Planeten namens Klukks. Mit einem Menschen hatte er nicht viel gemein. Die gab es übrigens noch nicht, als seine Rasse das All eroberte.

Seine Rasse sah so ähnlich aus, wie die Krabben auf unserer Erde und sie waren in etwa so groß wie die bei uns lebenden Riesenkrabben. Die beiden vorderen Beinpaare hatten jeweils zwei kurze Fortsätze an ihren Enden, und damit konnten sie genauso gut umgehen, wie wir mit unseren Händen.

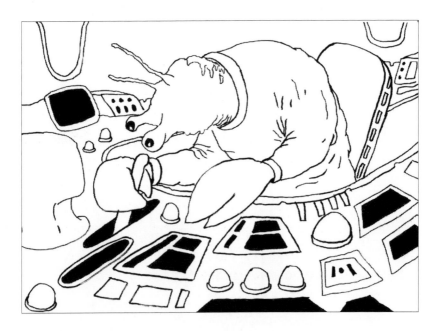

Der Planet Klukks hatte eine Methan-Atmosphäre, und die Geräusche, die auftraten, wenn Methan aus der Tiefe des Planeten aufstieg, hatte ihm seinen Namen gegeben.

Kurz nachdem die Klukks aufgestiegen war – so nach einigen zigmillionen Jahren nach unserer Zeitrechnung – traf ein großer Meteor seinen Heimatplaneten und zerstörte ihn.

Nur wenigen Bewohnern des Planeten war die Rettung in Raumschiffen gelungen. Aber es wurden nie wieder Klukkser gesehen... Und damit wurde auch nie geklärt, wieso sie das Unheil nicht kommen sahen und geeignete Gegenmaßnahmen ergriffen hatten. Die Möglichkeiten dazu hätten sie gehabt.

Allschöpfer

Wie Mahel ja bereits mitgeteilt hatte, ist er der Schöpfer des Universums und damit allen Existierenden. Wer ihn „erschaffen" hat, wissen selbst die Isazana nicht.

Er erschuf alles nach seiner Idee und Kraft seines Willens. Ist das ganze Universum mit allem darin nur ein Traum?
Oder gar „nur" so etwas wie ein Computerprogramm?
Könnte dann einer „den Stecker ziehen"?

Erste Experimente

Ich war ja immer schon neugierig und so wollte ich einmal etwas ausprobieren.

So im Alter zwischen dreißig und vierzig hatte ich meine Paranoia-Phase. Ich fühlte mich von dunklen Mächten verfolgt. Und so hatte ich mir einen Schutz ausgedacht. Ob er in Falle eines Falles geholfen hätte, wusste ich nicht. Ich hatte bis auf eine kleine Begebenheit nie einen Kontakt mit der Finsternis gehabt. Und ob dies damals wirklich eine dunkle Macht war, ist auch nicht sicher. Aber ich glaubte daran.

Und so konzentrierte ich mich damals und schuf um mich herum eine Aura aus Licht. Ich nannte es den Lichtkokon. Nun wollte ich wissen, was Mahel davon hielt.
 Ich war mir nicht sicher, ob ich den ehemals vermeintlichen Schutz noch zustande bringen würde. Ich hatte es schon so viele Jahre nicht mehr versucht.
 Also begab ich mich wieder auf meine Veranda vor dem Blockhaus am See und rief nach Mahel, und schon bald spürte ich seine Anwesenheit.
 Nach einer kurzen gegenseitigen Begrüßung konzentrierte ich mich auf den Lichtkokon. Maßloses Erstaunen und Verwunderung schlug mir von Mahel entgegen und eh ich mich versah, war er weg.

Wie er mir später mitteilte, hatten die Isazana zwar von so einer Fähigkeit Kenntnis, aber sie noch nie in Aktion erlebt.

Es sei der stärkste Schutz, den es im Universum gäbe, denn er bestände aus dem Licht des Allschöpfers.

Seit dieser kleinen Begebenheit vor vielen Jahren hatte ich keine Alpträume mehr gehabt – bis auf den neulich selbst gemachten. Nun konnte ich mir denken, wieso nicht!

Erstes Wissen

Es verging einige Zeit. Ich war nicht mehr dazu gekommen, mich auf meine Veranda zu wünschen.

Eines Tages vermeinte ich, Mahel rufen zu hören. Ich informierte meine Frau, damit sie sich keine Sorgen machte und legte mich auf die Couch in meinem Arbeitszimmer. Den Schlüssel trug ich zur Sicherheit an einer Kette um den Hals. Es dauerte auch nicht lange, und ich spürte wieder die Anwesenheit von Mahel. Aber da war noch jemand. Mahel hatte einen Gast mitgebracht. Er stellte ihn mir als Ikne vor.

Natürlich hatten die Isazana mein kleines Experiment mitbekommen und Ikne wollte mich von Nahem „fühlen".

„Wir denken, du bist bereit, einiges zu erfahren", dachte Mahel. „Wir beide werden dir erstes Wissen in Form einer – du würdest sagen, eine komprimierte Datei – übermitteln. Wenn du wieder in deiner Welt bist, kannst du dir dieses Wissen ins Bewusstsein holen. Es ist dann in deinem Geist, als hättest du es immer schon gewusst."
„Gehe sorgsam mit diesem Wissen um", dachte Ikne.
„Nach und nach wirst du noch mehr erhalten", versprach er noch, und ich spürte, wie sie in die mir unbekannten Dimensionen des Universums verschwanden.

Hatten sie mir nun das geheimnisvolle Wissen eingepflanzt oder nicht?

Menschwerdung

Wieder zurück auf meiner Couch konzentrierte ich mich auf die Erlangung des versprochenen Wissens.
Ich hatte gedacht, mich würde so etwas wie ein Stromstoß durchzucken – aber nichts. Woran ich jetzt denken musste, hatte ich doch schon immer gewusst...

Vor vielen hunderttausend Jahren waren Fremde von einem anderen Planeten auf die Erde gekommen. Sie waren auf der Suche nach Rohstoffen, da sie ihre Heimatwelt ohne Rücksicht auf ihre Zukunft vollkommen ausgebeutet hatten. Nun konnte der Untergang ihrer Zivilisation nur noch durch den Raubbau auf anderen Planeten gerettet werden. Und ihre Prospektoren hatten die Erde als DEN Planeten für ihre Zwecke gefunden.

Schon bald begannen sie mit dem Abbau der Rohstoffschätze der Erde. Sie hatten zwar schwere Geräte mitbringen können, mussten aber natürlich selber Hand anlegen.
Nach einer für irdische Verhältnisse sehr langen Zeit waren sie der doch auch körperlichen Arbeit überdrüssig. Nun muss man wissen, dass ein Jahr auf ihrem Planeten etwa 3.600 Erdenjahre lang war. Die Fremden lebten im Durchschnitt rund 100 Jahre – aber ihres Planeten! Die durchschnittliche Lebensdauer betrug also auf unserem Planeten etwa 360.000 Erdenjahre. Daher nahmen die Menschen

später an, es handelte sich um unsterbliche Götter, was natürlich von den Fremden bestärkt wurde.

Aber erst einmal gab es noch keine Menschen!

Bei seinen Erkundungsflügen über die Erde fielen einem der Führer der Okkupanten vierbeinige Lebewesen auf, die meist auf ihren Hinterbeinen gingen und mit den Vorderbeinen, die in gutentwickelten Greiforganen endeten, sehr gut umgehen konnten.

Er fing einige dieser Lebewesen ein und brachte sie in das Medi-Center, das die Fremden für sich eingerichtet hatten. Dort richtete er ein Versuchslabor ein und begann zu experimentieren, ob man diesen Wesen einfache Arbeiten beibringen könnte. Schnell zeigte sich aber, dass deren Intelligenz dazu nicht ausreichte.

Sehr erstaunt war er allerdings, dass Gen-Analysen eine große Ähnlichkeit mit der eigenen DNA zeigten. Lange dachte er vergeblich darüber nach, wie das wohl sein könnte.

Als nun der Unmut der Fremden über die schwere Arbeit immer mehr zunahm und ein Aufstand immer näher rückte, kam er auf eine abenteuerliche Idee: Konnte man die DNA der irdischen Wesen etwa mit der eigenen verfeinern und so ein intelligentes Arbeitswesen erschaffen?

Die ersten heimlichen Versuche endeten mit schrecklichen und grauenhaften Ergebnissen! Aber mit der Zeit näherten sich die neu entstehenden Wesen immer mehr dem erhofften Ziel.

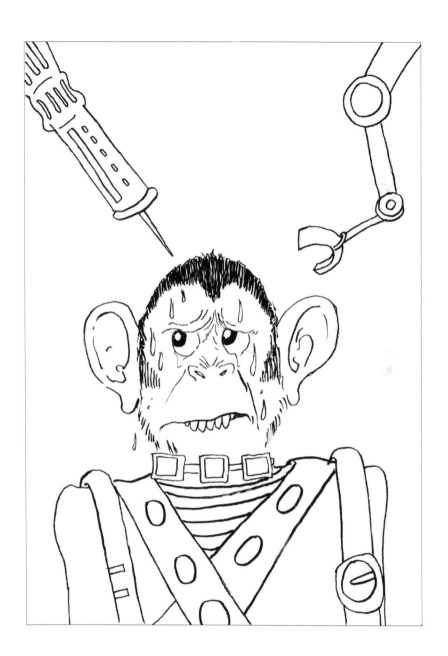

Und eines Tages, nach ein paar tausend Jahren, war es endlich soweit: Ein brauchbares Wesen entstand! Aber es hatte noch einige Mängel! Zwar hatte es eine gewisse Intelligenz, aber nicht genug, um komplizierte Arbeiten auszuführen und es konnte nicht sprechen. Hinzu kam, dass es in der Retorte geschaffen werden musste.

Nach einer langen Zeit weiterer Versuche gelang es dem Wissenschaftler der fremden Besucher, einen Teil seiner eigenen DNA in die des Wesens einzubauen. Und das Unglaubliche geschah: Es entstand ein Wesen, das intelligenter war und sprechen konnte. Außerdem hatte es die Fähigkeit, sich fortzupflanzen – und dies mit einer für die Fremden unglaublichen Geschwindigkeit.

Bald schon bevölkerten hunderte dieser Wesen das Gebiet um die Versuchsstation.

Eines hatte der geniale fremde Wissenschaftler allerdings nicht bedacht: mit dem Einfügen der eigenen DNA hatte er den Wesen, die er Homo genannt hatte, auch eine Seele mitgegeben. Damit hatte er gegen eines der Universalen Gesetze des Allschöpfers verstoßen, da er in die natürliche eigene Entwicklung eines vernunftfähigen Wesens eingegriffen hatte.

Dies sollte sich später einmal furchtbar rächen.

Vergangenheit – Gegenwart – Zukunft

Langsam kam ich auf meiner Couch in meinem Arbeitszimmer wieder in die „Realität" zurück. Einerseits „wusste" ich, dass mir dies alles nicht neu war, aber andererseits „wusste" ich auch, dass ich mich bisher noch nicht mit diesem Thema beschäftigt hatte – woher sollte ich dies also wissen?

Ich setzte mich an das Fenster und schaute gedankenverloren in den sonnenüberfluteten Garten.

Einige Tage vergingen, an denen ich ohne großen Erfolg versuchte, an meinem Buch weiterzuarbeiten. Immer wieder schweiften meine Gedanken ab.

Dann kam wieder der schon bekannte Ruf. Mahel wollte mit mir Kontakt aufnehmen. Wie ich es mir angewöhnt hatte, informierte ich meine Frau, damit sie sich keine Sorge um meinen Zustand machte, legte mich auf die Couch, nahm den Schlüssel in die Hand, konzentrierte mich und…

Mahel und Ikne warteten schon auf mich. Wieder überkam mich das Gefühl von tiefem Frieden und Geborgenheit.

„Wir wollen dich in die Geheimnisse der Zeit einweihen", eröffnete Mahel diese Lehrstunde.

„Du erlebst die Zeit als eine Abfolge von Ereignissen, die im Nachhinein nicht mehr zu ändern sind. Doch dies gilt nur für materielle Wesen der dritten Dimension!
Die Zeit ist für dich wie eine Straße, die nur in eine Richtung befahren werden kann – nach vorne! Könntest du dich über diese „Straße" erheben, würdest du sehen, dass jedes Ereignis, und sei es noch so klein, eine „Abzweigung" erzeugt."

Mahel verstummte und nach einer kleinen Pause, in der ich das Gehörte sacken lassen konnte, fuhr Ikne fort:
„So würdest du die „Zeit" sehen – wie das verzweigte, schier unübersichtliche Schienennetz eines Güterbahnhofs.
Tatsache ist aber, dass alles gleichzeitig geschieht. Es gibt keine Zeit in dem Sinn. Zeit ist ein Phänomen der materiellen dritten Dimension! Das macht es für uns so schwer, einen bestimmten Punkt in diesem Gewirr zu bestimmen."

Ikne zog sich aus meinen Gedanken zurück und Mahel übernahm wieder seine Stelle.
„Darum ist es für uns ein unglaublicher Glücksfall, dass du mit der Erschaffung deiner Traumwelt für uns so etwas wie ein Leuchtfeuer geschaffen hast. Mit dir haben wir einen unübersehbaren Fixpunkt, der durch den Schlüssel verstärkt wird und in UNSEREM ganzen Universum nicht zu übersehen ist."

Bevor ich die Frage, ob denn nun Zeitreisen möglich wären, zu Ende denken konnte, antwortete Ikne:

„Wenn du ein wenig nachdenkst, wirst du darauf kommen, dass es also keine Zeitreisen, wie ihr Materiellen es versteht, geben kann.

Wenn du tatsächlich auf eine andere Geschehenslinie wechseln könntest – was nicht geht –, würdest du nur sofort eine neue erschaffen. Zurück auf deine ursprüngliche kämst du nicht mehr.

Aus diesem Grund gibt es auch keine Zeitparadoxa! Du könntest also sehr wohl – theoretisch – auf einem Zeitstrahl einen Vorfahren töten, ohne die eigene Existenz zu gefährden. Es würden einfach entsprechende neue Zeitvektoren entstehen."

Nach einem kurzen – gedachten – Gruß zogen sich die beiden aus meiner Traumwelt zurück. Ich blieb noch einige Zeit auf meinem Stuhl auf der Veranda sitzen sah über den See hinaus und hing meinen Gedanken nach.

Dann meldete ich mich bei meiner Frau wieder zurück.

Besuch auf dem Mond

Nachdem ich einige Tage verstreichen gelassen hatte, packte mich die Neugierde. Konnte ich den Mond besuchen und auf ihm spazieren gehen? Ich machte es mir also auf der schon bekannten Couch bequem, nahm den Schlüssel in die Hand und konzentrierte mich.

Eh ich mich versah, stand ich auf der Mondoberfläche. In einiger Entfernung sah ich eine flache Erhebung. Ich setzte mich in Bewegung – und schon stand ich auf ihr. Langsam drehte ich mich, um mir die Umgebung anzusehen.
Es sah hier so aus, wie man die Mondoberfläche aus den Medien kannte. Doch dann fiel mir in einiger Entfernung ein fast nicht sichtbares Flimmern auf.
Einen Augenblick später war ich dort.

Das leichte Flimmern, das mich hergelockt hatte, schien eine Art Energieschirm zu sein. Er überspannte einen tiefen Einschnitt der Mondoberfläche. Durch dieses Flimmern sah ich in etwa dreißig Meter Entfernung mehrere kleine humanoide Gestalten. Sie waren mit mir unerklärlichen Arbeiten beschäftigt.
Neugierig, wie ich war, versuchte ich durch das Flimmern zu gelangen, um die Fremden besser sehen zu können. Ich benutzte nicht meine Fähigkeit, sondern machte einen Schritt über die flimmrige Grenze. Es fühlte sich an, als ob man unter Wasser ging. Ich hatte aber keine Schwierigkeiten, die Barriere zu durchdringen.

Langsam ging ich auf die Fremden zu. Das waren keine Menschen! Das waren die Kleinen Grauen, wie man sie aus den Berichten der UFO-Kontaktler kannte!

Als ich noch etwa zehn Meter entfernt war, erstarrten sie, drehten sich langsam um und sahen in meine Richtung. Plötzlich wurde mir extrem schwindelig und instinktiv errichtete ich meinen goldenen Kokon um mich. Im selben Moment wurden die Grauen wie von einer unsichtbaren Hand zu Boden gestreckt.

Der Schwindel verging und ich versetzte mich auf die Anhöhe, von der ich gestartet war.

Aus der Entfernung sah ich, wie sich die Gestalten erhoben und in einem nahen Gebäude verschwanden. Da ich nicht wusste, wie weit deren Kräfte reichten und ob sie noch andere Möglichkeiten hatten, hielt ich es für besser, den Mond zu verlassen.

Ein wenig verstört saß ich alsbald wieder auf dem Gartenstuhl auf meiner Veranda vor dem Haus am See. Ich überlegte, ob es klug sei, sofort wieder die Traumwelt zu verlassen.

Ich blieb noch einige Zeit, um mich gänzlich zu beruhigen und begab mich dann auf meine Couch in meinem Arbeitszimmer.

Eines hatte mich dieser kurze Spaziergang auf dem Mond gelehrt: Ich musste bei meinen Experimenten sehr vorsichtig sein. Man konnte mich also in der Traumwelt erkennen und sogar gegen mich vorgehen!

Würde dieser kleine Ausflug Auswirkungen in der Realität haben? Ein wenig Sorgen machte ich mir doch.

Pandemie

Unter Pandemie versteht man eine Länder und Kontinent übergreifende Ausbreitung einer Krankheit.

Zuerst tauchten nur kleine Notizen über eine neue, unbekannte Krankheit in den Medien auf. Da sie zuerst nur vereinzelte Menschen befiel, schenkte man ihr zuerst keine große Beachtung. Erschwerend für eine Erkennung wurden nur hier und da auf der ganzen Welt nur einzelne Personen davon betroffen. So dauerte es eine ganze Weile, bis die WHO einen Zusammenhang erkannte.

Die Ärzte auf der ganzen Welt versuchten, den Erkrankten mit Breitbandantibiotika zu helfen und zuerst sah es auch so aus, als ob diese helfen würden. Bald zeigte sich jedoch, dass dies nicht so war.

Nun traten die Virologen auf den Plan. Aber sie konnten das Virus nicht identifizieren und keine Gegenmittel entwickeln.

In den Medien meldeten sich die Verschwörungstheoretiker zu Wort. Von einem fehlgeschlagenen militärischen Experiment war die Rede. Aber wie eine Kommission des UN-Sicherheitsrates herausfinden sollte, konnte keine Nation der Erde dafür verantwortlich gemacht werden. Aber was hatte das schon zu bedeuten? Es gab genug finanzkräftige Organisationen…

Dann schalteten sich die Gen-Forscher ein. Es dauerte nicht lange, bis sie herausfanden, dass die Viren keine irdische DNA hatten…

Schon früher hatten Wissenschaftler vermutet, dass Viren aus der Unendlichkeit des Alls auf Meteoriten zur Erde gelangen könnten. Japanische Wissenschaftler hatten schon in den 80er Jahren des vorigen Jahrhunderts behauptet, in der DNA des Virus' Pi X 174 einen Code gefunden zu haben, den sie allerdings nicht entschlüsseln konnten.

Sie alle waren verlacht worden; aber nun schien der Beweis vorzuliegen.

Freundes Traum

Wie immer saß ich an meinem Schreibtisch und versuchte, an meinem Buch weiterzuarbeiten. In der letzten Zeit war es mir schwergefallen, mich zu konzentrieren und so schritt die Arbeit nur langsam voran. Immer wieder schweiften meine Gedanken ab.

Nach dem Desaster auf dem Mond hatte ich mich nicht mehr in die Traumwelt begeben. Ich hatte ja auch einen großen Schreck zu verarbeiten.

Mahel und Ikne hatten sich nicht mehr gemeldet und auch von meinem Freund und Verleger hatte ich lange nichts gehört. Er wusste von meiner momentanen Schreibblockade und ließ mich daher wahrscheinlich in Ruhe. Nun vermisste ich seine Anrufe, aber ich könnte ihn ja selber mal…

Doch dann hatte ich mit einem Mal eine Idee: Wenn ich den Mond besuchen konnte, konnte ich doch bestimmt auch ihn besuchen. Aber ein Blick auf die Uhr zeigte, dass er wahrscheinlich schlafen würde. Nun, dann würde ich eben versuchen, ihn in seinem Traum zu besuchen.

Also begab ich mich in meine Traumwelt und konzentrierte mich auf ihn. Da ich noch nie bei ihm zu Hause war, hatte ich einige Schwierigkeiten, ihn zu finden. Mir wurde nun erst richtig bewusst, welche Probleme Mahel und Ikne hatte, einen bestimmten Punkt in Raum und Zeit zu finden.

Aber dann schaffte ich es, und wie vermutet, schlief mein Freund. Ich konzentrierte mich, aktivierte den Schlüssen – den ich selbstverständlich dabeihatte – und versuchte, in seinen Traum zu gelangen. Besonders schwierig war das nicht.

Zwei Freunde brachen gerade auf, um ihrem Hobby nachzugehen. In dem einen erkannte ich meinen Freund und ich schlüpfte in den Geist des anderen.

Wir trugen jeder blaue Jeans, rote Pullover, weiße Sportschuhe, schwarze Baseball-Caps und waren vollgepackt mit einem Zelt und Vorräten.

Wir sahen aus wie aus einer Parodie eines Abenteuerfilms, wie wir so die Straße zum nahen Wald entlanggingen.

Es war die Idee meines Freundes gewesen, sich einheitlich zu kleiden. Jeder, der noch an unseren kleinen Exkursionen teilnehmen wollte, müsste genau dasselbe „Outfit" tragen.

„Endlich ist diese stressige Woche vorbei, jetzt heißt es wieder entspannen und erkunden", eröffnete ich das Gespräch.

„Ich freu mich auch schon riesig", entgegnete mein Freund. „Lass uns diesmal etwas weiter in den Wald reingehen. Ich würde zu gerne wissen, was an der mystischen Geschichte meines Opas dran ist."

„Welche mystische Geschichte?"

„Laut meinem Großvater geschehen an einer bestimmten Stelle im Wald ungewöhnliche Dinge. Er hörte von seinen Freunden, dass diese wiederum Leute kannten, die in diesem

Wald waren und Lichter und Geräusche vernommen haben. Einige von ihnen sind bis heute nicht mehr aufgetaucht.

„Natürlich, mein Lieber, und den Weihnachtsmann gibt es auch!"

Mit einem Ausdruck skeptischen Grübelns erreichten wir nach ca. 25 Minuten den Wald, und nach einer kurzen Trinkpause ging die Wanderung weiter. An unseren alten Lagerstellen vorbei, der Wald immer dichter werdend, erreichten wir einen perfekten Platz, um die nächsten beiden Nächte dort zu verbringen: Eine ca. 50 m² große und rundliche Stelle, die geschützt zwischen Ahornbäumen auf der einen und einer ca. 20 m hohen Felswand, die, wie es den Anschein machte, weit in den Wald hineinzuragen schien, auf der anderen Seite, lag.

Wir setzen uns erst einmal auf unsere Zelttaschen und verschnauften ein wenig. Wir schauten uns um und bereuten es nicht, genau diesen Platz ausgesucht zu haben.

„Los, mein Freund, lass uns etwas herumlaufen. Ich bin ziemlich neugierig was uns hier erwartet", sagte ich schließlich

Er ließ sich nicht zweimal bitten und so machten wir uns auf den Weg. Vorbei an der Felswand und immer näherkommenden Bäumen und Sträuchern, wurden wir auf einen bemoosten Teil am Fuße der Felswand aufmerksam.

„Das sieht ja eigenartig aus" entfuhr es meinem Freund. „Die komplette Felswand ist weit und breit leer, nur dieses Stück ist mit Moos bedeckt. Komm wir schauen uns das einmal genauer an. Gibt mir mal bitte dein Messer, meins habe ich in unserem Lager in meiner Tasche gelassen."

Ich gab ihm das Messer und er begann, das Moos von der Felswand abzukratzen. Ich ging noch ein Stück näher an die Stelle heran, um mir seine Forschungsarbeit genau anzusehen.

Ich flachste: „Wenn du genug davon abmachst, machen wir daraus eine Suppe."

„Ja genau, die kannst du dann alleine essen. Ich esse wie immer meine Bohnen in Tomatensoße", antwortete mein Freund.

Nach etwas Tasten hier und Kratzen dort, bemerkte er plötzlich eine Vertiefung im Gestein. Nun kratzte er das Moos gezielt der Vertiefung entlang ab. Wir beide trauten unseren Augen nicht.

Die Umrisse einer Art Tür waren zu erkennen. Wir schauten uns verwundert an.

„Ich denke, dieses Wochenende wird nicht ganz so langweilig. Hier hast du dein Messer zurück, ich laufe schnell zurück ins Lager und hole mir meins. Lass uns das ganze Moos entfernen. Diese Fugen sind nicht von Natur aus da. Ich bin gespannt was sich noch alles hinter dem Moos verbirgt."

„Tu das", sagte ich, „ich schabe währenddessen schon mal weiter das Moos ab."

Gesagt getan, und schon lief mein Freund los, sein Equipment holen. Ich machte mich sofort an die Arbeit und kratzte, was das Zeug hielt. Nach einigen Minuten kam auch mein Freund wieder dazu und in Windeseile war der komplette Bereich gereinigt.

Eine Vertiefung in der Mitte der aufgeritzten Tür in Form eines Kreises mit einer Verzierung aus unbekannten Zeichen

machte den Anschein, als könne man damit den Eingang öffnen. Langsam legte mein Freund seine Hand in die Vertiefung und tastete sie vorsichtig ab.
„Sei vorsichtig, nicht, dass es eine Falle ist."
„Ja, ich passe schon auf. Ich glaube nicht, dass es eine Falle ist."

Nach einigen Hand- und Fingerbewegungen hörten wir ein Geräusch, als würde sich im inneren ein Mechanismus in Bewegung setzen.
Einige Sekunden später löst sich die freigelegt Platte vom Rest der Felswand und schwang nach oben. Wir standen nun mitten in einer Staubwolke.

Nachdem sich der Staub gelegt hat, betraten wir voller Anspannung und Neugierde zugleich das Innere der Felswand.

Die Taschenlampen in der einen und unsere Messer in der anderen Hand, gingen wir ganz langsam, Schritt für Schritt durch den versteckten Raum.

An den Wänden hingen Fackeln, überall waren Spinnengewebe und ein Geruch war wahrzunehmen, der darauf hindeutete, dass hier schon sehr lange niemand mehr gelüftet hatte.

Mein Freund nahm sein Feuerzeug und zündete probeweise eine Fackel an.

„Es funktioniert, es funktioniert, die Fackel ist an", rief er verwundert.

„Seit wann genau bin ich blind? Ich kann sehen, dass sie an ist. Los, lass uns die anderen auch entzünden."

Insgesamt 21 Flammen erhellen bald den Raum, verwundert blickten wir uns um.

Für einen künstlich angelegten Ort war er enorm groß, es muss eine Menge an Zeit in Anspruch genommen haben, um diesen Raum zu errichten.

Alte Schriftzeichen waren über alle vier Wände verteilt zu sehen, die wir aus der Geschichte Ägyptens kannten. In der Mitte des Raumes stand ein rundes metallisches Gebilde, an dessen beiden Seiten sich zwei dicke Stangen befanden, die als Halterungen dienten.

Es sah aus wie ein gigantischer Kosmetikspiegel. Im Rahmen, der dieses Etwas umschloss, waren weitere Hieroglyphen eingearbeitet.

Ein atemberaubender Anblick, dieses große, glänzende Teil. Ein Tisch, der ebenfalls aus Metall zu sein schien, stand rechts an der Wand, neben der runden Entdeckung. Seltsame Linien und verschiedene, farblich abgegrenzte Bereiche, machten den Tisch für uns interessant.

„Ich werde verrückt, wo sind wir hier nur gelandet?", fragte mein Freund

Bevor ich antworten konnte, glitt seine Hand auch schon über den Tisch. Blitzartig flackerten Lichter auf, in grün, rot, weiß. Das runde Gebilde fing plötzlich an, sich zu bewegen. Es drehte sich von oben nach unten um die eigene Achse. Es wurde von Mal zu Mal schneller.

Die Lichter auf dem Tisch veränderten ihr Flackern in rhythmische Intervalle. Ein auf Grund der Rotation sich bemerkbar machender Wind füllte den ganzen Raum und blies die Fackeln aus. Nur noch die Lichter und die Reflexionen im drehenden Objekt erhellten ähnlich einer Dämmerung den Raum.

Plötzlich stoppte das kreisende Teil. Aus dem metallischen Glänzen war eine matte Oberfläche geworden, auf der Silhouetten erkennbar waren.

Auch die Lichter auf dem Tisch standen nun still. Wir beide dachten sofort an ein Zeitportal, wie man sie aus Science-Fiction Filmen kannte.

Ich ging auf das „Tor" zu und streckte meine Hand vorsichtig Richtung der matten Oberfläche. Je näher ich kam, umso mehr kribbelte es in meiner Hand.

„Komm rüber, fass das Ding mal an, es ist verrückt" rief ich.
Mein Freund wartete keine Sekunde und trat neben mich. Beide stecken wir nun unsere Hände in die Oberfläche und sahen, wie sie in der Silhouette verschwanden. Ohne zu zögern bewegten wir uns immer weiter in das Tor hinein. Nun durchdangen unsere beiden Gesichter den Durchgang. Zeitgleich öffneten wir unsere Augen, die ganz groß wurden.
„Träume ich?", fragte ich laut.
„Nein, ich sehe es auch!"
Wir trauten unseren Augen nicht, wir sahen einen uns gänzlich fremden Ort. Violett schimmernde Steine; in derselben Farbe waren Pflanzen und Bäume zu sehen.

Wir befanden uns unter freiem Himmel. Es war dunkel, abertausende Sterne, viel größer als man sie normalerweise sehen kann, erstreckten sich über das gesamte Firmament.
„Es ist wunderschön hier", fand mein Freund.
Ich nickte ihm bestätigend zu. Er konnte nicht weitersprechen, so begeistert war er.
Wir hatten den Durchgang passiert und gingen ganz langsam, uns immer vorsichtig umschauend, auf dem Weg, der am Portal begann, bis hin zu einem Platz, an dem irgendjemand an einer Art Pult stand.
Je näher wir kamen, desto klarer wurde uns, dass es kein Mensch war, der dort stand. Nach ca. 50 m sahen wir, dass dieses Lebewesen wie bei einem Vortrag vor einer Reihe anderer seines Gleichen stand und zu ihnen sprach.

Nachdem wir prüfend alles unter die Lupe genommen hatten, schweifte unser Blick über die Köpfe der Fremden hinweg und wir erschraken. Hinter den Lebewesen sah man eine Steinkonstruktion wie die in Stonehenge.

„Hallo ihr beiden, seid gegrüßt! Ihr habt eines der sieben Portale auf der Erde gefunden, die die Verbindung zwischen unseren Welten gewähren", sprach das Wesen, während es sich zu uns herumdrehte.

„Mein Name ist Marduk, Sohn des Enki und Thronfolger des Planeten Nibiru."

Marduk war ein ca. drei Meter großes Geschöpf, gekleidet in einem Gewand aus braunem, hartgepanzertem Leder. Seine Füße waren nackt, Dinosauriern ähnlich anzusehen. Das erstaunlichste war jedoch der Kopf. Er war vogelartig wie ein Dodo, mit einem an der Spitze abgeknickten Schnabel.

Seine sichtbare Haut war dunkelgrün und braun, sie schien robust und widerstandsfähig zu sein. Was auch auffiel, waren die beiden armbanduhrartigen Accessoires an seinen Handgelenken.

Alles in allem, ein majestätisches Geschöpf, von wem auch immer erschaffen.

Wir beide schauten angespannt, verängstigt und neugierig zugleich. Wir schwitzen beide und gaben uns Mühe, so gefasst wie nur möglich zu wirken.

„Sicherlich fragt ihr euch, was das alles zu bedeuten hat", sagte Marduk. „Nun denn, ihr befindet euch auf unserem Planeten Nibiru. Wir, die Anunnaki, haben euch Menschen vor vielen Jahren auf die Erde gebracht, weil es auf unserem ursprünglichen Planeten mit der Züchtung eurer Spezies nicht funktionierte.

Ihr habt alles zerstört, sodass wir nun, seit dieser Zeit, eure Entwicklung auf der Erde verfolgen und euch hin und wieder unter die Arme greifen.

Alle 3600 Jahre passiert Nibiru auf seinem Orbit euren Planeten. Damals hat man uns sehen können, als Eure Wissenschaft noch nicht so von sich selbst eingenommen war. Heute lacht sie die andersdenkenden Menschen aus, die von einem Planeten reden, der zusätzlich zu den anderen im Sonnensystem existiert.

Wir waren es, die euch geholfen haben, die Pyramiden zu erbauen. Wir waren es auch, die für die Sintflut gesorgt haben. Ihr Menschen denkt von Beginn an, dass eure Götter dies alles zu verantworten haben.

Das ist ein Trugschluss. Ohne uns würde es euch nicht geben. Stonehenge z. B. dient uns rein als Informationswerkzeug. Die Menschheit rätselt bis heute, was es mit den Steinen auf sich hat. Die „Stätte" ist mit allen Obelisken auf der Erde verbunden.

So werden uns für euch unsichtbare Informationen an unseren Empfänger, den ihr eben bereits gesehen habt, gesendet." Wir schauten über die Köpfe der anderen Anunnaki auf die Sende- und Empfangsstation. Uns war anzusehen, dass uns klar wurde, wie unwissend die Menschheit eigentlich ist. Marduk sprach weiter: „Wie ihr nun sehen könnt, ist Stonehenge unsere direkte Verbindung zu euch. Wir, die Anunnaki, senden auch magnetische Impulse durch das Obelisken-Netz. Wir können damit den Gemütszustand der Lebewesen beeinflussen, indem wir das Unterbewusstsein manipulieren, sowohl zum positiven als auch zum negativen.

All das dient uns nur zur Kontrolle und Forschung. Die Pyramiden sind im Übrigen nur die Spitzen von riesigen Obelisken, die bis tief in die Erde reichen.

Nur im nötigsten Fall kommen wir auf die Erde, indem wir das Portal benutzen. Vergesst alles, was ihr über Götter zu wissen denkt. Geht nun durch das Portal wieder zurück auf die Erde und habt keine Angst, die Zukunft der Menschheit liegt in unseren Händen, in den Händen, die euch beschützen. Nun geht..."

Ohne auch nur ein Wort gesagt zu haben, wandten wir uns von Marduk ab und verließen den Ort eher widerwillig. Zurück in der Höhle, fiel die ganze Anspannung von uns ab.

„Oh mein Gott, was machen wir jetzt? Das war ja unglaublich", fragte ich. „Haben wir das wirklich erlebt oder haben wir das nur geträumt?"

"Nein, das haben wir nicht geträumt", antwortete mein Freund. „Ist dir bewusst, dass wir die ersten Menschen sind, die solch ein Erlebnis hatten? Wir kennen nun das Rätsel Stonehenges, das der Obelisken und wer die Pyramiden erbaut hat. Was machen wir nun mit all dem Wissen?"

„Ich schlage vor, wir behalten es für uns. Glauben wird uns eh keiner", antwortete ich.

Wir entzündeten noch ein letztes Mal zwei Fackeln und erkundeten den Rest des Raumes.

Im hinteren Teil entdeckt mein Freund etwas violett Schimmerndes. Er beugte sich runter und hob es auf.

„Hmm, seltsam... es hat die gleiche Farbe wie die Dinge auf Nibiru. Es sieht aus wie ein Stein. Den nehmen wir mit, als Andenken. Wir schwören bei diesem Stein, dass wir niemandem jemals erzählen, was gerade geschehen ist."

Ich willigte nickend ein und wir beide verließen die Höhle. Im Eingang löschten wir unsere Fackeln am Höhlenboden. Draußen angekommen, setzten wir uns erschöpft auf zwei Steine, die gegenüber dem Eingang zur Höhle zwischen zwei Bäumen lagen.

Gerade als mein Freund etwas sagen wollte, fing die Erde an zu beben. Alles um uns herum zitterte. Wir hielten uns geistesgegenwärtig an zwei Bäumen fest.

Ein lautes Grollen war nun zu hören und wir sahen, wie sich der Eingang zur Höhle schloss. Der Stein, den wir in der Höhle gefunden hatten, fing an zu flackern, immer schneller und schneller.

Das Beben wurde immer stärker und wir hörten deutlich, dass hinter der Felswand etwas vor sich ging: laute, tosende Geräusche vermischt mit Quietschen und Knarzen.

Beide wussten wir sofort: Dieses Portal würde niemand mehr finden.

Um den Eingang schwebte eine Staubwolke, die um einiges mächtiger war, als die beim Öffnen des Tores. Wir konnten uns kaum auf den Beinen halten, so heftig waren die Naturgewalten zu Gange.

Auf einmal herrschte Totenstille, kein Beben, kein einziger Windzug mehr. Die Zweige und Blätter an den Bäumen pendelten langsam aus; alles kehrte in seinen Ruhezustand zurück. Mit offenen Mündern schauten wir auf den Eingang: Er war weg! Wo eben noch ein ehemals von Moos bedeckter Bereich mit dahinter verstecktem Eingang war, war nun nur noch eine kahle Felswand zu sehen. Auch der Stein hatte aufgehört zu blinken.

„Was denkst du?", fragte mich mein Freund, „sollen wir den Stein hier im Wald vergraben? Ich meine, bei uns zuhause wird er irgendwann zwangsläufig gefunden, aber hier im Dickicht des Waldes können wir ihn schön verstecken. Und wer weiß, vielleicht haben wir irgendwann noch einmal

Kontakt zu den Anunnaki. Der Stein scheint mit Nibiru verbunden zu sein. Nur weil der Stein nicht mehr leuchtet, heißt es ja nicht unbedingt, dass die Verbindung für immer abgebrochen ist."

„Ich glaube zwar, dass dieser Stein nur noch ungewöhnlich auf Grund seiner Farbe ist, jedoch können wir es gerne so machen. Lass ihn uns hier verstecken. Unser Geheimnis für die Ewigkeit, Freunde für immer", antwortete ich.

„Freunde für immer."

Gesagt, getan, gruben wir beide ein Loch, gut versteckt zwischen Sträuchern und tief genug, damit der Stein nicht aus Versehen von einem Tier ausgegraben werden konnte.

Am späten Nachmittag des zweiten Tages machten wir uns wieder auf den Nachhauseweg.

Die Anunnaki überwachen und kontrollieren weiterhin ihre Schöpfung. Ein neues Portal wurde an einem anderen geheimen Ort der Erde erbaut.

Als ich merkte, dass die Traumwelt meines Freundes anfing zu verschwimmen, zog ich mich vorsichtig zurück. Ich vermutete, dass er bald erwachen würde und zog mich auf meine Veranda zurück. Kurz sammelte ich mich und verließ dann meine Traumwelt.

Nach einer kleinen Stärkung und einer Stunde Schlaf setzte ich mich wieder an den Schreibtisch, um weiterzuarbeiten.

Dann schrillte das Telefon. Es war mein Freund. Ohne Gruß sprudelte es aus ihm heraus: „Ich hatte vielleicht einen Traum…"

Bedrohung

Tage vergingen, ohne dass ich in die Traumwelt ging. Auch Mahel meldete sich nicht.

Eines Nachts wurde ich wach, weil ich etwas Bedrohliches näherkommen spürte. Normalerweise war es nie ganz dunkel in meinem Schlafzimmer. Der Radiowecker und eine kleine Leuchte in der Steckdose neben der Türe spendeten ein diffuses Licht.

Nun aber wurde es auf einmal vollkommen dunkel. Ein schwarzer Schatten verschluckte alles Licht. Über meiner Brust wurde es noch dunkler. Geht das eigentlich? Noch dunkler als dunkel?

Das Atmen fiel mir immer schwerer. Jetzt nur nicht in Panik verfallen, dachte ich.

Ich konzentrierte mich auf meinen Lichtkokon. Ich hatte keine Schwierigkeiten, ihn um mich herum aufzubauen. Dann spürte ich grenzenlose Überraschung und großen Schmerz. Der ganze Raum war davon erfüllt.

Pflopf, vermeinte ich zu hören, oder doch eher zu fühlen? Schlagartig verschwand die tiefe Dunkelheit, der Raum war wieder in dem gewohnten diffusen Licht getaucht und ich konnte wieder normal atmen.

Ich hielt meinen Lichtschutz noch eine Weile aufrecht... dann schlief ich wieder ein.

Nachdem ich wieder wach geworden war und mich mit einem reichlichen Frühstück gestärkt hatte, ging ich in meine Traumwelt und rief Mahel.

Ich brauchte nicht lange zu warten. Einen Sekundenbruchteil später wusste er, worum es ging. Das spürte ich.

„Das Universum ist dual aufgebaut! Das weißt du doch. So gibt es sowohl positive wie auch negative Mächte. Beide können nicht direkt im dreidimensionalen Raum agieren. Aber so wie wir beide in Kontakt treten können, können es auch die negativen Mächte.

Wir können und dürfen nicht direkt gegen sie vorgehen. Das verbietet das Gesetz der Ausgewogenheit."

Mahel machte eine kleine Pause, dann fuhr er fort: „Wie wir sie beobachten, so beobachten sie auch uns. So haben sie von unserem Kontakt erfahren.

Für sie bedeutet das eine große Gefahr, denn du kannst handeln und ihre Pläne stören. Darum versuchen sie, dich unter ihre Kontrolle zu bringen. Aber du bist stark und kannst dich gegen sie wehren."

Wieder machte er eine Pause.

„Außerdem wirst du Hilfe erhalten, wenn es zu gefährlich für dich wird. Mehr darf ich dir dazu nicht sagen. Aber mache Dich auf neuerliche Angriffe gefasst. Wenn du dir treu bleibst, wird dir nichts geschehen."

Nun ergriff Ikne das Wort. „Wir werden dir wieder eine Erinnerung einpflanzen. Du kennst das ja schon. Wenn du dich wieder von dem schlimmen Erlebnis erholt hast, rufe sie wie beim letzten Mal ab. Wir melden uns bald wieder bei dir." Dann verschwanden die beiden in mir unbekannte Dimensionen.

Manipulation der Zeit

Obwohl ich natürlich sehr neugierig war, ließ ich mir einige Tage Zeit. Ich befürchtete, mehr über die gegen mich gerichtete Bedrohung zu erfahren. Ich sollte mich getäuscht haben.

Ich machte es mir also auf meiner Couch gemütlich, nahm den Schlüssel in die Hand und konzentrierte mich.

Ein Komet zog seit Jahrmillionen durch eine fremde, weit entfernte Galaxis. War er einst Teil eines zerstörten Planeten gewesen? Wer weiß das schon. Auf jeden Fall trug er die Grundbausteine des Lebens mit sich.

Eines Tages führte das Schicksal – oder war es Vorsehung? – ihn in den Gravitationsbereich eines jungen Sternensystems. Die gewaltigen Kräfte der Sonne zerrissen ihn in mehrere Stücke. Eines von ihnen geriet in den Anziehungsbereich eines der Planeten und schlug mit unvorstellbarer Gewalt auf ihn auf. Der Getroffene wurde bis an die Grenze seiner Existenz erschüttert. Beinahe wäre er auseinandergebrochen. Aber es ging gerade noch einmal gut. Die anderen Bruchstücke wurden wieder in den Raum hinausgeschleudert, folgten nun neuen Bahnen und schlugen ebenfalls irgendwann auf Planeten in weit entfernten Sonnensystemen auf.

Die sich auf diesem Planeten, auf dem das erste Bruchstück niederging, entwickelnde Atmosphäre begünstigte die Weiterentwicklung der Lebensgrundbausteine zu einfachen, niedrigen Lebensformen. Die relative ruhige Zeit, die der Planet in den nächsten Millionen Jahren durchlief, ermöglichte es, dass sich eine intelligente Rasse entwickeln konnte.

Etliche Jahrzehntausende vergingen. Die Rasse – die Legovs – entwickelte sich zu einer raumfahrenden Rasse, die auch bald Reisen mit Überlichtgeschwindigkeit zu anderen Planetensystemen beherrschte.

So ist es nicht verwunderlich, dass sie auch irgendwann auf andere intelligente Rassen trafen. Einige waren ebenso weit wie sie entwickelt, andere hinkten einige tausend Jahre hinterher. Merkwürdigerweise trafen sie auf keine, die weiter waren – sie schienen die älteste Rasse in dieser Galaxie zu sein.

Eine Rasse – die Ednuh – waren auf einem ähnlichen technischen Stand wie die Legovs. Allerdings waren sie etwas kriegerischer. Trotzdem wurden wirtschaftliche Abkommen getroffen und man besuchte sich gegenseitig.

Nun geschah es, dass die Legovs urplötzlich von einer schrecklichen, unbekannten Krankheit heimgesucht wurden, die viele Millionen Opfer forderte. Da die Ednuh gegen diese Krankheit immun waren, gab man ihnen die Schuld für deren Ausbruch auf dem Planeten der Legovs. Und da die Ednuh gerade in dieser Zeit Planeten der Legovs annektierten, sahen diese das als Kriegserklärung an. So kam es zu einem Krieg zwischen den beiden Rassen, der viele Tote auf beiden Seiten forderte.

Wissenschaftler hatten den Ursprung der Legovs bis zu jenem Meteor am Anfang der Zeit zurückverfolgen können. Auch die ehemalige Flugbahn konnte errechnet werden, und als man den Weg der Bruchstücke, die entstanden waren, als der Meteor durch das Sonnensystem der Legovs der Sonne zu nahekam, weiterverfolgte, stellte man fest, dass eines dieser Stücke auf dem sich gerade entwickelnden Planeten der Ednuh eingeschlagen war. Der Schluss lag nahe, dass dieses Bruchstück genau wie das, das auf dem Planeten der Legovs niederging, die eigentliche Wurzel der Existenz der Ednuhs war.

In einem geheimen Labor der Legovs war schon lange an Manipulation der Zeit geforscht worden, und so kam man auf die Idee, bei einer Zeitreise die Flugbahn des betreffenden Meteor-Bruchstückes zu verändern. So würde verhindert, dass die Ednuh sich je entwickeln würden, sie die Krankheit auf dem Planeten der Legovs nicht verbreiten könnten und der schlimme, grausame Krieg nicht stattfinden würde.

Ein Komet aus den Tiefen des Alls drang in ein noch junges Sonnensystem ein und wurde durch die Gravitation der Sonne in Stücke gerissen. Eines der Bruchstücke schlug auf einem der Planeten des Systems ein. Es trug den Keim des Lebens…

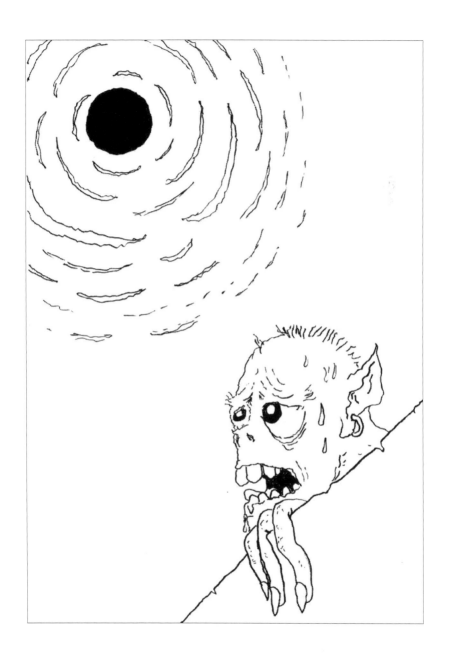

Urplötzlich tauchte aus dem Nichts ein Raumschiff auf, nahm Kurs auf eines der Bruchstücke, die wieder in die Weiten des Alls geschleudert worden waren und drängte es auf eine neue Bahn. Dann verschwand das Raumschiff wieder ebenso plötzlich, wie es erschienen war.

Die Galaxis hatte sich grundlegend geändert! Es gab keine Ednuhs – hatte sie nie gegeben. Es gab auch keine Legovs mehr. Was war geschehen?

Die Krankheit, die die Legovs heimgesucht und neben dem Krieg mit den Ednuhs fast ausgerottet hatte, waren Viren gewesen, die von Meteoriten aus dem Weltraum stammten.

Die Ednuhs, deren Planet ebenfalls von diesen Viren heimgesucht worden war, hatten schnell eine Immunität entwickelt. Hätten die Legovs nicht das Bruchstück des Kometen in eine andere Bahn gelenkt, hätten die Legov-Wissenschaftler die Immunität der Ednuhs erforschen und einen Impfstoff für ihre Rasse entwickeln können.

Aber es gab ja nun keine Ednuhs – hatte es nie gegeben! Und nun gibt es auch keine Legovs mehr...

Es war, als hätte ich alles selber miterlebt. Ein starkes Gefühl von Niedergeschlagenheit machte sich in mir breit. Doch dann stutzte ich. Hatte Mahel mir nicht erklärt, dass Zeitreisen nicht möglich wären?

Erklärung

Ich ging also wieder in meine Traumwelt und rief nach Mahel. Es dauerte auch diesmal nicht lange, bis ich seine Anwesenheit spürte. Und wie immer, wusste er schon, was ich von ihm wissen wollte.

„Als ich dich wissen ließ, dass es keine Zeitreisen im eigentlichen Sinne gäbe, war das die Wahrheit.

Durch den Eingriff der Legovs wurden lediglich neue Zeitvektoren erschaffen. Doch diese neuen Zeitlinien brachten / bringen die ursprünglichen durcheinander und in arge Bedrängnis. Starke und schlimme Erschütterungen durchlaufen das Universum. Die initiierten Änderungen waren zu extrem. Auch wir wissen nicht, warum das so ist. Eigentlich hätte das nicht geschehen dürfen, denn die ursprüngliche Zeitlinie existiert ja weiter. Irgendwie „schlingert" die jetzt. Und das hat auch Auswirkungen auf uns."

Mahel schien Luft zu holen, jedenfalls machte er wieder eine Pause.

„Wie ich dir bereits früher sagte, können und dürfen wir nicht eingreifen."

Nun schwante mir etwas! Erwartete Mahel etwa, dass ich etwas unternehmen würde? Was wäre klar – aber wie?

„Du kannst mehr, als du ahnst!", beantwortete er meine noch nicht gestellte Frage. „Aber mehr darf ich dir nicht sagen. Du musst schon selber darauf kommen. Und es muss dein eigener freier Wille sein, solltest du dich entschließen, etwas zu unternehmen."

Damit ließ mich Mahel etwas verdattert und verwirrt in meiner Traumwelt zurück. Ich blieb noch einige Zeit auf meinem Gartenstuhl auf der Veranda vor meinem Blockhaus sitzen und versuchte, meine Gedanken zu sortieren. Natürlich schottete ich mit Hilfe des Schlüssels meine Gedanken vor der Traumwelt ab – sicher war sicher.

Höllenqualen

Die Arbeit an meinem neuen Buch ging nur langsam voran. Langsam wurde die Zeit knapp. Aber ich konnte mich wieder einmal nicht richtig auf das Schreiben konzentrieren. Und so beschloss ich nach einigen Tagen, mich in meiner Traumwelt richtig zu entspannen.

Wie ich mir zur Pflicht gemacht hatte, informierte ich meine bessere Hälfte über mein Vorhaben. Ich hatte vor, diesmal etwas länger zu bleiben, weil ich einmal versuchen wollte, dort zu angeln. Ich war gespannt, wie es sein würde. Angeln in meiner Traumwelt, das wäre es doch. Ich war gespannt, was dabei herauskommen würde.

Nun saß ich also auf meiner Veranda und angelte. Ich hatte richtig gute Laune – konnte ich mir doch die passende Ausrüstung einfach herbeiwünschen. Ich musste sogar leicht auflachen, als ich mich für eine andere Montage endschied und sie sich unter meinen Händen sofort änderte.

Ich hatte kurz in meiner Konzentration nachgelassen und das rächte sich nun aufs Schlimmste!

Ich hatte in die Traumwelt meines Freundes eindringen können, und mir hätte bewusst sein müssen, dass es auch möglich wäre, dass jemand oder etwas in meine eindringen könnte. Ich hatte schlichtweg einfach nicht daran gedacht.

Als sich vor mir ein dunkler Fleck über dem Wasser zu bilden begann, war es zu spät! Zwar konnte ich noch meine

Lichthülle um mich herum aufbauen, aber in Sekundenschnelle hatte sich der dunkle Fleck über meine ganze Traumwelt ausgebreitet. Dabei war es immer dunkler geworden – so dunkel, wie ich es schon einmal erlebt hatte. Ich hatte den Eindruck, als ob es diesmal allerdings noch dunkler war. Es war alles in tiefster Schwärze getaucht.

Meine Versuche, meine Traumwelt zu verlassen oder sie einfach aufzulösen, schlugen fehl. Ich war in ihr gefangen.

Nun geriet ich doch leicht in Panik und nutzte alle meine Kraft, um den Lichtkokon aufrecht zu erhalten uns noch zu verstärken.

Mein Herz raste und ich hatte das Gefühl, keine Luft mehr zu bekommen.

Dann schlug eine Welle des Hasses und des Bösen von ungeheurem Ausmaß über mir zusammen. Ich fühlte, wie ich von dieser Welle langsam zerquetscht wurde. Mein Kopf dröhnte und jede Faser meines Körpers brannte wie Feuer.

Und dann musste ich schreien! Ich schrie, wie ich noch nie in meinem Leben geschrien hatte. Ich schrie all meinen Schmerz und meine Seelenqualen, die meinen Geist durchströmten, aus mir heraus. Es half nichts.

War das mein Ende?

Gerade wollte ich, wie man so schön sagt, aufgeben, da spürte ich tief unter meiner Pein etwas Positives. Griffen die Isazanas ein? Nach Mahels Aussage durften sie das nicht!

Ich versuchte, mich auf das Positive zu konzentrieren, den Schmerz und die Qualen beiseite zu schieben. Ich spürte, wie eine Kraft aus dem Positiven auf mich überging. Nach und nach tauchten immer mehr positive Quellen in meinem Geist auf, die ihre Kräfte auf mich fokussierten. Ich spürte, dass mein Lichtkokon wieder stärker wurde und schickte die ganze Energie, die auf mich einströmte, in ihn. Meine Panik verschwand und meine Qualen nahmen ab. Ich nahm all meinen Mut und meine Kraft zusammen und versuchte, die Lichthülle zu vergrößern. Ganz langsam gelang es mir. Die rabenschwarze Dunkelheit wurde grau, und irgendwann – ich hatte jedes Zeitgefühl verloren – wurde ich ohnmächtig. Das letzte, woran ich mich später erinnerte war, dass das in meiner Traumwelt sehr gefährlich und nicht anzuraten wäre.

Ich weiß nicht, wie lange ich bewusstlos war. Als ich erwachte, fühlte ich mich so erschöpft wie noch nie in meinem Leben. Aber zumindest schien meine Traumwelt so, wie ich sie kannte. Beruhigt sah ich mich um.

Um mich herum standen auf der Veranda – ja wie soll ich es ausdrücken – Wesen? Sie bildeten einen Kreis um mich und hielten sich an ihren Extremitäten. Auch im Hintergrund und sogar im Wasser und in der Luft sah ich sie. Von allen gingen Lichtstrahlen aus, die sich auf – oder in? – mich konzentrierten. Ich spürte, wie mein Lebenswille und meine Lebensenergie wieder zurückkehrten.

Neue Freunde

Endlich war ich wieder so zu Kräften gekommen, dass ich mich bedanken konnte. Als wäre es das Selbstverständlichste von der Welt – oder des Universums? – gewesen, verschwanden meine Helfer und wohl auch neuen Freunde, wie sie gekommen waren. Nur die, die einen Kreis um mich bildeten, blieben zurück.

„Ich bin Plurtsch", sagte eines der Wesen. Er sah aus, wie ein sechsbeiniger Krebs. Die vier hinteren Gliedmaßen liefen in so etwas wie Füße aus, die zwei vorderen hatten vier Finger.

„Es ist vorbei – für heute", fuhr er fort. „Deine Schreie und Pein waren im ganzen Universum zu vernehmen und ermöglichten uns, Dich zu lokalisieren.
So ein Angriff der negativen Mächte ist bisher noch niemals geschehen."

Er sprach zu mir, und nicht wie Mahel oder Ikne. Plurtsch musste wie ich ein Wesen aus Fleisch und Blut sein. Aber wie konnte das sein?

„Du kannst doch nicht im Ernst annehmen, du wärst der Einzige deiner Art im ganzen Universum", beantwortete Plurtsch meine Frage.
„Das Universum ist so unbegreiflich groß und es gibt so viele intelligente Rassen...
Nun gut... Wesen unserer Art sind äußerst selten, aber es gibt sie. Du bist zwar der Stärkste von uns, aber diesen Angriff hättest auch du alleine nicht überlebt."

„Ich heiße Flirmflum", schaltete sich ein wie ein Schmetterling aussehendes Wesen ein. Als ich ihn genauer betrachtete, hatte ich plötzlich Angst um ihn, er könnte jederzeit zerbrechen, so zart sah er aus.
„Du hast ja schon vermutet, dass es auch andere Wesen geben könnte, die deine Traumwelt besuchen könnten. Jeder von uns hat so eine. Sie sind nur nicht so leicht aufzufinden in der Weite des Universums – und der Zeit, wie du sagen würdest."

„Ich bin euch allen so ungeheuer dankbar für eure Hilfe", sagte ich. Und gleichzeitig wunderte ich mich, dass ich ihre fremdartigen Sprachen verstehen konnte. Aber auch sie hatten anscheinend keine Probleme, mich und sich untereinander zu verstehen.

„Das liegt daran, dass du nicht mehr alleine deinen Verstand benutzt, sondern auch auf deine Seele hörst. Du verstehst uns über deine Seele! Ach – übrigens, ich bin Krräh", sagte ein vogelartiges Wesen. Es hatte Flügel wie eine Fledermaus und auch an der gleichen Stelle seine Greiforgane.

„Du bist wieder kräftig genug. Darum werden wir dich jetzt wieder verlassen", sagte Plurtsch.

„Ach – und schreie beim nächsten Mal nicht sooo laut. Durch deinen Verstärker dröhnte es im ganzen Universum, dass die Fensterscheiben wackelten."

Erholung und Spaghetti

Langsam öffnete ich die Augen und sah meine Frau mit einem ängstlichen Gesichtsausdruck auf einem Stuhl neben mir sitzen. Als sie sah, dass ich die Augen geöffnet hatte, entspannte sie sich, und ich sah grenzenlose Erleichterung. Eingedenk meiner Bitte, mich nicht zu berühren, wenn ich in meiner Traumwelt wäre, war sie sich so hilflos vorgekommen. Aber sie hatte meinen Wunsch respektiert und sich an ihn gehalten.

„Gott sei Dank", begrüßte sie mich, „Du bist wieder da. Ich habe mir solche Sorgen gemacht! Du hast so komische Geräusche von dir gegeben…"

„Alles ist gut", erwiderte ich. „Du brauchst dir keine Sorgen zu machen."

Dann erzählte ich ihr, was passiert war. Sie hörte schweigend zu. „Ich hoffe, du weißt, was du tust! Gut finde ich das alles nicht! Du solltest das alles lassen!", entgegnete sie dann.

„So einfach ist das nicht. Ich habe eine Aufgabe bekommen, die ich erfüllen muss! Ich kann mich davor nicht drücken, das verstehst du doch?", antwortete ich.

„Und wie soll es nun weitergehen?", fragte sie.

„Zuerst einmal muss ich mich richtig ausruhen, dann sehe ich weiter. Wird schon alles gut werden."

Ich ruhte mich also ein paar Tage aus und machte, außer den alltäglich notwendigen Dingen, gar nichts. Und ich schlief viel – zum Glück traumlos. Ich spürte, wie meine Kräfte langsam zurückkehrten. Natürlich überlegte ich, was ich zu tun hätte. Nun, das war eigentlich klar – Mahel erwartete von mir, dass ich das Durcheinander der Realitätslinien in Ordnung bringen würde. Aber wie ich das bewerkstelligen sollte, hatte er mich nicht wissen lassen.

Ein Freund hatte mir einmal gesagt: ‚Das Schicksal stellt nur Aufgaben, die auch erfüllt werden können'. Nun – dann würde ich auch einen Weg finden…

Nachdem einige Nächte traumlos – zumindest konnte ich mich nicht erinnern – vergangen waren, hatte ich dann doch wieder einen: Ich träumte von unendlich langen Spagetti, die sich wie Schlangen hin und herbewegten, sich verknoteten, Haken schlugen, zerrissen und verschwanden, um an anderer Stelle wiederaufzutauchen – kurz: Chaos hoch drei.

Mein Unterbewusstsein erinnerte mich! Anscheinend war es an der Zeit.

Die Fliege

Als ich meine ersten Versuche mit und in der Traumwelt unternahm, bekam ich einmal sehr drastisch die Probleme einer solchen gezeigt.

Als kleiner Junge ärgerte mich einmal eine einfache Hausfliege und ich hatte das Gefühl, dass sie mich gebissen hatte. Meine Mutter meinte damals, diese Fliege spüre ihren nahenden Tod, und dann würden Fliegen auch beißen. Heute weiß ich, dass Hausfliegen nicht beißen können; aber damals…

Ich hatte den Vorfall damals schnell vergessen.

Als ich mich dann wieder einmal in meiner Traumwelt befand, umschwirrte mich plötzlich eine riesige Hausfliege, die mehr als Faustgroß war. Sie umschwirrte mich aufdringlich und ließ sich nicht vertreiben.

Und dann setzte sie sich auf meinen Arm, und bevor ich sie vertreiben konnte… biss sie mich doch tatsächlich! Vor Schmerz und Überraschung schrie ich auf und befand mich plötzlich wieder in meinem Büro.

Ja, solche Dinge veranstaltet das Unterbewusstsein in einer Traumwelt, wenn man es nicht unter Kontrolle hält!

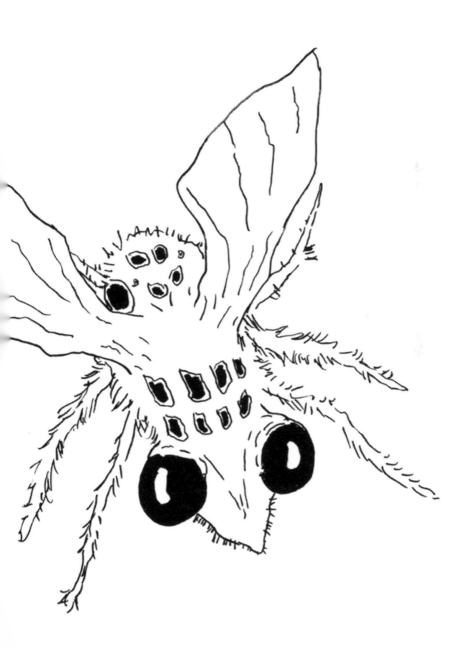

Vorbereitung

Die Aufgabe, die das Schicksal mir zugedacht hatte, war klar. Und nun musste ich mir etwas einfallen lassen. Lange grübelte ich über eine Lösung nach.
Vielleicht sollte ich erst einmal versuchen, mir die Sache genauer anzusehen. Also erklärte ich meiner Frau, was ich vorhätte, damit sie sich keine Sorgen machte.
Ich hängte mir den Schlüssel um, begab mich in meine Traumwelt und machte es mir auf meinem Gartenstuhl gemütlich.
Mahel hatte mich wissen lassen, dass die Flugbahnänderung des Kometenbruchstückes – und somit die Änderung des Zeitvektors – überall im Universum zu spüren gewesen war, oder zu spüren ist, oder zu spüren sein wird…
So einfach ist es mit der Zeit also nicht. Ich musste den richtigen Punkt oder Augenblick oder was auch immer finden. Also schirmte ich mich mental ab, damit hier in meiner Traumwelt nichts passieren konnte, und konzentrierte mich.

Die Wissenschaftler sprachen von einem Hintergrundrauschen, dass das Universum seit dem Urknall durchfluten würde. War das eine Spur? Schnell gelang es mir, dieses Rauschen zu „hören". Es schien von überall herzukommen, aber ich konnte den Ursprungsort nicht lokalisieren.
Dann hatte ich eine Idee. Mahel hatte gesagt, dass das Geschehnis Auswirkungen auf das gesamte Universum gehabt habe. War also auch der Zeitstrahl, auf dem unsere Realität

lag, davon betroffen? Aber wie sollte ich ihn finden, wenn Vergangenheit, Gegenwart und Zukunft gleichzeitig existierten und abliefen? Mir schwirrte der Kopf!

Die Frage, die sich mir stellte, war, wie sich eine neuerliche Änderung auf meine – unsere – Realität auswirken würde. Ich kam zu keiner Antwort, musste also ganz auf Mahel vertrauen. Aber auch er war ja nicht allwissend! Die nächste Frage war, was denn an dem bestehenden Zustand so falsch war. Wenn ich Mahel richtig verstanden hatte, war das gesamte Universum in Gefahr. Auch das konnte ich mir nicht vorstellen.

Ich musste daran denken, dass vor kurzem Wissenschaftler das Zusammentreffen von zwei ‚Schwarzen Löchern' beobachtet hatten. Bei dem gegenseitigen Verschlingen waren ungeheure Gravitationswellen durch die betreffende Galaxis gerast und hatten dabei nahegelegene Sonnensysteme vernichtet. Sollte das auch in unserer Galaxis geschehen…

War das der Anfang des Untergangs des Universums?

Nun ja, diese Katastrophe war in einer Million Lichtjahre entfernten Galaxis und damit für uns in fernster Vergangenheit geschehen. Aber, wie war das doch gleich: Vergangenheit, Gegenwart und Zukunft existierten gleichzeitig nebeneinander?

Nicht daran denken! Das verwirrt nur! Ich hatte keine Wahl: entweder, ich vertraute Mahel, oder eben nicht!

Dann ‚sah' ich einen Zeitstrahl in dem ganzen Spagetti-Gewirbel, von dem mir mein Gefühl sagte, dass es der war, auf dem meine – unsere – Realität lag. Ich ‚ging' ihn in die

Richtung, von der ich annahm, dass es in die ‚Vergangenheit' war, entlang. Bilder schossen so schnell in meinen Gedanken vorbei, dass ich nichts erkennen konnte.

Ich konzentrierte mich auf die Gesamtheit der Zeitlinien und hatte das Gefühl, dass es nicht mehr so viele waren wie zuvor. Ich kam dem Beginn der Zeit – oder des Universums? – also näher. Nun ‚hangelte' ich mich dem ganzen Wust entlang weiter. Langsam wurden es immer weniger Spagetti.

Nachdem ich mir einige genauer ‚angesehen' hatte, ‚sah' ich plötzlich das von Mahel beschriebene Geschehen. Gleichzeitig spürte ich, wie meine Konzentrationsfähigkeit nachließ. Die Suche hatte mich doch ziemlich angestrengt.

Sollte ich die Aufgabe erfüllen, musste ich diesen ‚Ort' schneller wiederfinden. Ich griff nach dem Schlüssel und stellte mir so etwas wie ein Leuchtfeuer vor. Und tatsächlich: Ich spürte so etwas wie ein Pochen. Langsam zog ich mich zurück. Das Pochen wurde zwar schwächer, war aber immer zu spüren.

Ich ging das Risiko ein, den ‚Ort' zu verlieren und wieder neu suchen zu müssen und versetzte mich auf meinen Stuhl in meiner Traumwelt zurück, entspannte mich kurz und konzentrierte mich dann auf das Pochen. Ganz tief in meinem Unterbewusstsein konnte ich es spüren.

Die Aufgabe

Ich ließ einige Tage verstreichen, bis ich wieder in meine Traumwelt ging. Kurz konzentrierte ich mich auf das Pochen. War meine gesetzte Marke noch zu spüren? Beruhigt stellte ich fest, dass es noch da war.

Vorsichtig rief ich nach meinen neuen Freunden.
Flirmflum, das schmetterlingsartige Wesen erschien als erster. Der fledermausartige Krräh und der krebsartige Plurtsch erschienen kurze Zeit später. Als letzter erschien Flang, ein Wesen, das aussah wie eine Gottesanbeterin.

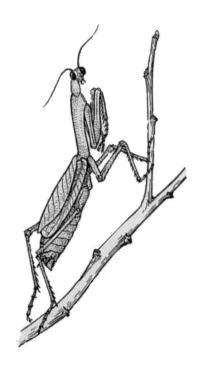

Schweigend standen sie auf meiner Veranda. Ein tiefes Gefühl von Ruhe, Frieden und Freundschaft durchströmte mich. Als ich einen Gleichklang zwischen uns spürte, erzählte ich ihnen von meiner Aufgabe und was ich bereits vorbereitet hatte. Meine Freunde sagten immer noch nichts. Sie standen nur da und schauten mich an. Sie schienen so abgeklärt. Nun, sie waren ja wohl auch so viel älter als ich.

Ich hatte jegliches Zeitgefühl verloren.

Endlich sagte Plurtsch: „Du weißt, wie es zu bewerkstelligen ist. Du bist der Herr deiner Traumwelt. Nutze deine Möglichkeiten!"

„So einfach kann es doch nicht sein", entgegnete ich.

„In einer Traumwelt ist alles möglich!", schaltete sich Flang ein.

„Jede Aufgabe, die das Schicksal stellt, ist auch zu lösen!", ergänzte Flirmflum.

Das hatte ich doch schon einmal gehört!

„Nur dein Verstand macht es kompliziert. Vertraue auf deine Intuition."

„Wenn es doch so einfach ist, warum macht es dann keiner von euch? Warum ich?", fragte ich in die Runde.

„Das Universum ist so unermesslich groß! Das Schicksal stellt jedem von uns Aufgaben. Jeder von uns ist für einen Teil des Universums verantwortlich", sagte Plurtsch mit sanfter Stimme.

Ich verstand. Es war MEINE Aufgabe!

Meine Freunde blieben noch einige Zeit. Wir sprachen kein Wort mehr. Es war alles Nötige gesagt worden. Dann gingen sie, einer nach dem anderen.

Und plötzlich wusste ich, wie ich es bewerkstelligen könnte. Es war nicht damit getan, einfach das Bruchstück des Meteors wieder in die „richtige" Bahn zu lenken. Die Legovs würden es immer wieder versuchen und so müsste eine dauerhafte Lösung her. Und ich wusste auch schon, wie. Aber ganz so einfach würde es bestimmt nicht werden.

Vorerst kehrte ich wieder in meine „Realität" zurück und überdachte noch einmal alles gründlich.

Einige Tage später, in der Zwischenzeit hatte ich meine Frau darüber informiert, was ich vorhatte – sie sollte sich ja keine Sorgen machen, da ich wohl etwas länger „fort" sein würde – nahm ich den Schlüssel und versetzte mich in meine Traumwelt.

Das Pochen des Leuchtfeuers war leise, aber deutlich zu spüren. Kurz konzentriert – und ich befand mich am Ort des Geschehens. Gerade traf das Raumschiff der Legovs ein. Das war aber nicht der richtige Zeitpunkt, hier konnte ich keine nachhaltige Änderung mehr vornehmen. Also ging ich weiter auf diesem Zeitstrahl zurück. Bald schon sah ich den Start des Raumschiffes. Ich ging noch weiter zurück, bis ich die Gruppe der Legovs fand, die gerade den Plan entwarfen, diese Zeitlinie zu ändern.

Wie ich gehofft hatte, fand ich unter den Legov-Wissenschaftlern einen, der der ganzen Sache sehr skeptisch gegenüberstand. Als ich ihn dann einmal alleine vorfand,

„schaltete" ich mich in vorsichtig in seine Gedanken. Zuerst versetzte ich ihn in ein Gefühl der Geborgenheit und Sicherheit. Dann erzeugte ich einen nebelhaften diffusen Fleck, der seinem Körper nicht unähnlich war.

„Fürchte dich nicht. Ich bin gekommen, um euch vor einer großen Dummheit zu bewahren", übermittelte ich ihm. Und wieder ging eine Hoffnung in Erfüllung: Er geriet nicht in Panik.

„Wer oder was bist du?", erwiderte er ruhig.

„Du kannst mich Ma.An nennen, wenn du einen Namen für mich brauchst. Ich bin ein Lebewesen wie du. Der Allschöpfer, der dieses Universum geschaffen hat, schickt mich. Ich komme aus einer anderen Zeit und einer anderen Dimension."

Ich hatte Unglauben erwartet, fühlte aber nur unsagbares Erstaunen. Ich schien den Richtigen für meinen Plan gefunden zu haben.

„Ich werde dir sehr viel erzählen und erklären". Übermittelte ich ihm. „Aber das Wichtigste ist, dass ihr euren Plan, die Flugbahn des Meteorbruchstückes zu verändern, nicht ausführen dürft."

„Ich habe meine Ansicht, dass es sich um einen Fehler handeln würde, schon Ausdruck verliehen", entgegnete er.

„Ich weiß", ließ ich ihn sanft wissen. „Aber deine Argumente haben niemanden beeindruckt. Doch bald wirst du wissen…"

Ich wartete auf seine Reaktion, aber er sagte nichts und sah mich nur nachdenklich an.

Nachdem ich ihm einige Zeit gelassen hatte, übermittelte ich ihm: „Doch alleine bist du zu schwach, um etwas zu ändern. Du brauchst Mitstreiter. Darum rufe einige vertrauenswürdige und auch einflussreiche Legovs zusammen. Ich werde dann alles erklären. Es ist sehr wichtig für euer Universum, dass ihr euren Zeitstrahl nicht ändert! Bitte vertrau und glaube mir."

Er sah mich wieder nachdenklich an, und ich schickte ihm alles an positiven Gefühlen, was ich aufbringen konnte. Dann fühlte ich, dass er sich zu einem Entschluss durchgerungen hatte.

„Du kannst mich übrigens Naamkaan nennen", sagte er.

„Ich werde einige Legovs zusammenrufen, von denen ich denke, dass sie meiner Meinung sind. Können wir uns wieder hier in drei Planetenumläufen treffen?"

„Ich werde wissen, wenn ihr euch hier in meinem Namen zusammengefunden habt!", erwiderte ich, zog mich aus seinen Gedanken zurück und ließ den „Nebel" verschwinden.

Ausführung

Natürlich wartete ich keine drei Planetenumläufe, sondern hangelte mich an dem Zeitstrahl langsam und vorsichtig weiter. Wie ein Film im Zeitraffer lief alles vor meinen Augen ab. Dann sah ich, wie sich der Raum schnell mit Legovs füllte. Ich bremste meine Vorwärtsbewegung ab und sah mit Erstaunen, dass sich viel mehr Legovs zusammenfanden, als ich gehofft hatte. Ich war gespannt, was nun geschehen würde.

Naamkaan begrüßte alle Anwesenden nach Legovs-Sitte und berichtete dann von seinem Erlebnis. Ich war über die Reaktion seiner Gäste angenehm verblüfft. Ich spürte viele ungläubige, aber auch nachdenkliche Gefühle, doch kein ablehnendes. Keiner hielt Naamkaan für verrückt!

Als ich merkte, dass Naamkaan mit der Begrüßung und der einleitenden Erklärung zum Ende kam, ließ ich hinter ihm den „Nebel" entstehen und schickte beruhigende Gefühle durch den Raum.

Die anwesenden Legovs wichen erschrocken einige Schritte zurück, gerieten aber ebenfalls nicht in Panik. Das war schon ein sonderbares Völkchen! Wie anders hätte doch die Mehrzahl der Menschen reagiert!

„Das ist Ma.An", sagte Naamkaan zu seinen Gästen. Er hatte mich zwar nicht gesehen, aber gefühlt, dass ich nun anwesend war. „Er hat uns viel mitzuteilen!"

Ich ahmte soweit wie möglich das Begrüßungsritual der Legovs nach und erzählte ihnen dann das, was ich auch schon Naamkaan erzählt hatte. Das Gefühl ersten Verstehens brandete auf.

Ich ließ ihnen einige Zeit, das Gehörte zu verarbeiten, bevor ich fortfuhr. Dann erzählte ich ihnen, wie das Universum entstanden war, was es eigentlich war, von meiner Traumwelt, von den Zeitvektoren und schlussendlich davon, was geschehen würde, wenn der Plan, das Bruchstück des Meteors abzulenken, in die Tat umgesetzt würde.

Natürlich „erzählte" ich es ihnen nicht – das hätte zu lange gedauert – sondern „pflanzte" es in ihre Köpfe.

„Um das Universum zu retten, darf der Zeitstrahl nicht verändert werden. Aber auch für die Legovs gibt es Rettung", schloss ich meinen „Vortrag".

Absolute Stille herrschte im Raum. Betroffenheit schlug mir entgegen, aber auch vereinzelter Zweifel. Ich zog mich vorerst aus ihren Köpfen zurück und beobachtete nur.

Langsam, ganz langsam wurde die Stille von leisem Stimmengewirr abgelöst. Ich ließ ihnen Zeit, das Erfahrene zu begreifen und zu verarbeiten. Dann meldete ich mich wieder zu Wort.

„Ihr Legovs habt hervorragende Wissenschaftler. Und ich verspreche euch: Sie werden ein Mittel gegen diese böse Seuche finden, die euch plagt und auszurotten scheint! Und wenn sie das nicht alleine schaffen, werde ich helfen.

Und euch werde ich helfen, das Vorhaben zu vereiteln, indem ich hier und da die Zeitreise-Experimente störe. Ihr müsst dafür sorgen, dass eure Wissenschaftler zu der

Auffassung gelangen, dass Zeitreisen unmöglich sind und sie die Forschung daran aufgeben.

Kein Wesen dieses Universums darf in den Plan des Allschöpfers eingreifen!"

Naamkaan, der sich als erster wieder ganz gefangen hatte, sah mich fragend an.

„Und was ist mit dir? Greifst du denn nicht auch irgendwie in den Plan des Allschöpfers ein? Ist das nicht vielleicht der Plan des Allschöpfers, dass unser Universum untergehen soll?"

Ich war sprachlos! Wie weit geistig fortgeschritten war doch Naamkaan!

Nun sahen alle mich erwartungsvoll fragend an. Einigen war dieser Gedanke wohl auch schon gekommen. Ich musste an eines der Zehn Gebote aus der Bibel denken. Du sollst nicht lügen! Dies hatte ich als eine Universelle Regel erkannt. Und ich hatte bisher über die Erfüllung dieser meiner Aufgabe nicht so weit gedacht. Doch ich war mir sicher: Ich hatte diese Aufgabe zu erfüllen!

Ich dachte nicht allzu lange nach. Die Folge meines Tuns war klar. Ich griff in die Geschicke des Universums und intelligenter Rassen ein.

„Ja, ich weiß, dass ich dafür Rechenschaft ablegen muss. Auch ich kenne nicht den Plan des Allschöpfers. Aber ich habe mich ihm ganz hingegeben. Ich weiß, dass es meine Aufgabe ist", übermittelte ich den Anwesenden. Ich spürte ihre Nachdenklichkeit und sandte ihnen noch positive und beruhigende Gedanken. Dann zog ich mich zurück und glitt den „Zeitstrahl" vorwärts.

Ich musste erkennen, dass mein Bestreben, sie die Zeitreise-Forschungen aufgeben zu lassen, nicht gänzlich von Erfolg gekrönt war. Die Gefahr bestand also immer noch.

Dann hatte ich eine Idee.

Ich schuf einen Virus, der sich in die DNS aller Lebewesen dieser Galaxis integrieren und auf ewig verhindern würde, dass Forschungen in dieser Richtung betrieben würden. Ja, hier in meiner Traumwelt war das möglich.

Wieder folgte ich dem Zeitstrahl ein Stück in Richtung Zukunft. Es gab keine Zeitreise-Forschung mehr. Die Gefahr war endgültig gebannt.

Eine merkwürdige Welt

Ich sah mich erstaunt um. Wo war ich denn plötzlich? Es sah aus, als wäre ich in einem tropischen Regenwald. Aber die ganze Fauna war so fremdartig, so unwirklich!
Ich sah mich weiter um. Ich stand auf einer kleinen Lichtung. So etwas, was man auf der Erde als Baum bezeichnen würde, hatte sie beim Umfallen in den dicht scheinenden Wald geschlagen. Auf einer Seite der Schneise sah ich eine riesige tulpenähnliche Blüte in einer merkwürdigen Farbe.
Nun erst fiel mir die unnatürlich wirkende Farbe des Lichts auf. Ich schaute in den Himmel. Er war lila. Lila!
Langsam ging ich auf den umgefallenen „Baum" zu, um mich zu setzen. Er hatte eine merkwürdig hellorange Farbe. Ich musste um eine kleine Pfütze – Wasser? – herumgehen. Vorsichtig vermied ich es, damit in Kontakt zu kommen. Aber dann blieb ich wie angewurzelt stehen. Ein fremdartiges Wesen schaute mich aus dieser Pfütze an. Doch dann erschrak ich: Es war mein eigenes Spiegelbild! Wie sah ich denn aus?
Ein grünlich schuppiger, haarloser Kopf mit reptilienähnlichen Augen und einem runden Gesicht blickte mich an. Ich sah an mir herunter: Ich war völlig nackt. Meine Hände hatten nur vier Finger, die mit Schwimmhäuten verbunden waren. Ebenso die Füße. „Na doll", dachte ich, schaute wieder in die Pfütze und grinste. Dachte ich. Aber das Gesicht, das mir entgegenblickte, hatte sich zu einer abgrundtiefen Fratze verzerrt. Vor Schreck machte ich einen Satz rückwärts. Als ich mich wieder gefangen hatte, musste ich lachen.

Ein komisches bellen artiges Geräusch kam aus meinem Mund – oder meiner Schnauze – oder was eigentlich?

In was für einen Schlamassel war ich denn nun geraten? Langsam ging ich weiter auf den umgefallenen Baum zu.

Aus dem Augenwinkel – mir fiel erst jetzt auf, dass ich einen fast 180grad Blickwinkel hatte – meinte ich zu sehen, dass die „Tulpenblüte" meiner Bewegung folgte. Ich blieb stehen und schaute genauer hin – nichts! Natürlich nicht. Pflanzen bewegen sich nicht!

Plötzlich eine Bewegung im ansonsten unbewegten Gewirr von Gestrüpp. Ein kleines, rattenähnliches Geschöpf lugte in die Lichtung. Es hatte doch tatsächlich sechs Beine, große Ohren und große Augen, die so gar nicht zur Körpergröße passten. Außerdem hatte es, wie ich gleich feststellen sollte, einen sehr langen Schwanz.

Die „Tulpenblüte" drehte sich ruckartig zu dem kleinen Tier herum. Ein langer, armdicker Tentakel schoss aus ihrer Mitte auf das kleine Wesen zu und packte es. Verzweifelt versuchte dieses, sich mit Hilfe des nun auch sichtbar werdenden überlangen Schwanzes irgendwo festzuklammern. Aber es half nichts. Der Tentakel zog es in die Blüte, die sich um das Opfer schloss. Nur der Schwanz schaute noch eine Weile heraus.

Nun sah die Blüte noch komischer aus – eine Blüte mit Schwanz! Und obwohl das kleine Wesen mir leidtat, musste ich lachen. Aber das abartige Geräusch, das aus meinem Mund – oder was es sonst war – kam, ließ mich sofort wieder verstummen.

Ich hatte den umgefallenen „Baum" erreicht und befühlte ihn vorsichtig. Er rührte sich nicht. Also doch nur ein umgefallener Baum. Ich wollte mich auf ihn setzen, um mir die Umgebung in aller Ruhe anzusehen. Aber irgendwas an meinem „Hinterteil" hinderte mich daran. Ich versuchte, zu erkennen, was es war. Das war nicht so einfach. Denn wie ich nun realisierte, hatte ich keinen Hals. Also ging ich wieder zu der Pfütze, um sie als Spiegel zu benutzen. Und was sah ich? Ein kleines Stummelschwänzchen!!!

„Das wird ja immer doller", dachte ich und überlegte, was das alles zu bedeuten hätte. Nun, zu einer Erkenntnis kam ich nicht. Und lange grübeln brachte ja wohl auch nichts. Also: Nehmen, wie es kommt! Ich hatte schon ganz andere Situationen gemeistert.

Plötzlich musste ich an meinen Schlüssel denken. Reflexartig griff ich dahin, wo ich meine Brust vermutete. Da war er! Ich war also in einer Traumwelt. Aber wie war ich hierhergekommen? Lernte ich hier eine neue Facette kennen? Galten auch hier die mir bekannten Gegebenheiten? Besser, es erst einmal nicht ausprobieren und sehen, was noch so alles passiert.

Ich nahm eine kleine, kaum merkliche Bewegung an der gegenüberliegenden Seite der Lichtung war. Hatte ich sie gesehen? Oder gespürt? Egal. Ich erkannte beim genauen Hinsehen ein „Gesicht" wie meines aus dem Dickicht hervorlugen. Es blickte zu mir herüber – wie mir schien, leicht verwundert.

Ich musste wieder grinsen und erschrak, als ich an das Bild in der Pfütze denken musste. Aber versuchen Sie einmal, in einem Echsengesicht eine Gemütsregung zu erkennen!
Das Gesicht im Dickicht verzerrte sich zu einer ebensolchen Fratze und ich begriff, dass es mich anlächelte.
„Na, das kann ja noch lustig werden", dachte ich und winkte. Sofort versteinerte sich das Gesicht und verschwand im Pflanzengewirr.
„Was hab ich denn nun wieder angerichtet?", dachte ich und spürte gleich darauf, dass sich eine Gefahr zu nähern schien.
„Ein toller Instinkt", schoss es mir durch den Kopf, während ich mich hinter den umgefallenen Baum warf.

Regungslos blieb ich dort erst einmal liegen und versuchte, meine „Ahnung" zu deuten.

Nach einiger Zeit lugte ich – wie ich meinte – vorsichtig an einem aus dem Baum ragenden Ast vorbei zum Waldrand. Was ich sah, ließ mir dann doch das Blut – hatte ich überhaupt Blut? – in den Adern gefrieren. Ein riesiges, aus allen mir bekannten Dinosauriern zusammengewürfeltes Tier hatte sich einen Weg auf die Lichtung gebahnt. Trotz meiner vermeintlichen Vorsicht musste es mich ausgemacht haben, denn es wälzte sich geradewegs auf mich zu. Und ich hatte den Eindruck, dass es sehr, sehr hungrig wäre…

„Was tun, sprach Zeus", dachte ich in einem Anflug von Galgenhumor und wunderte mich wieder einmal, was mir immer so im Angesicht einer Gefahr durch den Kopf schoss. Ich beschloss, meinen eben noch gefassten Entschluss, nicht meine Traumwelt-Fähigkeiten auszuprobieren, nun doch fallenzulassen. Ich konzentrierte mich auf den Schlüssel und umgab mich mit meinem goldenen Lichtkokon.

Ich selber nahm nichts wahr, aber das Monster blieb wie angewurzelt stehen und sah zu mir herüber. Mutig geworden – oder doch eher leichtsinnig? – stand ich auf. Ich konnte sehen, wie das Monster von Tier plötzlich zitterte. Dann warf es sich herum und verschwand auf dem Weg, den es gekommen war. Die Geschwindigkeit, die es dabei an den Tag legte, hätte ich ihm nicht zugetraut!

Die Anspannung fiel von mir ab, und ich ging – immer noch in den Kokon gehüllt – pfeifend auf die „Tulpe" zu.

Pfeifend? Es hörte sich eher wie das Röcheln eines lungenkranken Elefanten gemischt mit dem Pfeifen eines kochenden Wasserkessels an.

So war ich mir also nicht sicher, ob es das schreckliche Geräusch oder doch der Kokon war, dass der „Tulpe" anscheinend höchste Pein verursachte. Auf jeden Fall wedelte sie hin und her, was mir doch wegen der ansonsten Bewegungslosigkeit der Umgebung nicht normal erschien. Nun, ich stellte beides – Pfeifen und den Kokon – ein. Sofort beruhigte sich die „Tulpe" und verharrte wieder wie bisher, nicht ohne sich vorher mir – wie mir schien hungrig – zugewandt zu haben.

Undank ist der Welten Lohn!

Ich dachte wieder an das „Gesicht", das ich im Dickicht gesehen hatte und ging in die Richtung. Kurz bevor ich den Rand der Lichtung erreicht hatte, trat eine Gestalt aus dem Grün. So sah also auch ich aus! Grauslich! Nun ja, die meisten Lebewesen können ja nichts für ihr Äußeres!

Also erst einmal nett lächeln. „Das sieht wahrscheinlich auch nicht besser aus als grinsen", musste ich denken und erschrak wieder, als sich das „Gesicht" mir gegenüber zu einer erschreckenden Fratze verzog. Ich würde mich wohl nie daran gewöhnen!

Ich hob meine Hände, um zu zeigen, dass ich unbewaffnet wäre. Aber mein Gegenüber machte einen Satz rückwärts in Richtung Dickicht.

„So also nicht", dachte ich und schickte ihm einen Schwall positiver Gefühle herüber. Daraufhin schien er sich zu entspannen. So funktionierte es hier also!

Vorsichtig lockerte ich meinen mentalen Schutz ein wenig. Sofort spürte ich die Aufforderung, ihm zu folgen. Geschmeidig und lautlos wand er sich durch das Gestrüpp. Ich folgte ihm, allerdings nicht so leise. Es musste sich für meinen neuen Bekannten anhören, als ob ihm eines dieser Riesenmonster folgte. Ich spürte seine Meinung. Aber auch, dass er durch das, was er soeben miterlebt hatte, großes Vertrauen in meine Fähigkeiten hatte.

Nach einiger Zeit, in der ich mich wohl instinktiv auch immer leiser fortbewegen konnte, erreichten wir eine andere Lichtung. Hier blieb mein neuer Bekannter reglos stehen. Ich erfühlte, wie er einen lautlosen und beruhigenden Ruf aussandte. Plötzlich traten drei weitere unserer Art auf die freie Stelle in diesem Urwald. Mir schien es, als wären sie aus dem Nichts erschienen. Tarnung ist eben alles!

Die drei Neuankömmlinge sahen mich einen Moment an, drehten sich dann um und verschmolzen wieder mit dem Grün des Waldes. Mein Führer schloss sich ihnen an und bedeutete mir wieder, ihm wieder zu folgen. Sehr schnell lernte ich, die anderen zu „sehen".

Nach einer mir unendlich lang vorkommenden Zeit wurde der Weg steiniger und das Dickicht nahm langsam ab. Die vier blieben nun immer öfter reglos stehen und schienen die Umgebung „abzufühlen". Dann standen wir plötzlich vor einer vegetationslosen Hügelkette. Ein letztes Mal sicherten sie im Schutze einer Buschgruppe, dann verschwanden sie in den Felsen. Als ich diese Stelle erreichte, erkannte ich einen fast unmerklichen Pfad, dem wir folgten.

Schließlich erreichten wir eine Höhle, in der sie der Reihe nach verschwanden. Ich war der letzte, der in das Dunkle trat. Ich war nicht sonderlich überrascht, dass ich in der Dunkelheit fast genauso gut sehen konnte, wie im Hellen. Das waren schon unglaubliche Wesen. Aber hier war ja fast alles unglaublich!

Wir wurden schon erwartet. Eine Gruppe von vielleicht zwanzig für mich im ersten Moment alle gleich aussehenden Wesen kam auf uns zu. Im Hintergrund der Höhle tollte eine Handvoll kleinerer herum. Alles geschah vollkommen lautlos.

Bald erkannte ich, dass jedes dieser Wesen eine andere Ausstrahlung hatte. An dieser konnte man sie sehr leicht unterscheiden. Nachdem sie mich eine Zeitlang gemustert hatten, drehten sie sich wie auf ein Kommando herum und gingen auf eine Seitenwand der Höhle zu. Ich folgte ihnen und erkannte – eine Sitzecke. Ich musste wieder lachen, was mit einem erschreckten Zusammenzucken meiner Gastgeber quittiert wurde. Es hörte sich aber auch zu gruselig an, und hier in der Höhle auch noch durch den reflektierenden Schall viel schlimmer! Selbst die Kleinen, die in einiger Entfernung zu spielen schienen, erstarrten und sahen erschrocken herüber.

Die „Sitzgelegenheiten" sahen aber auch zu komisch aus! Von weitem sahen sie wie ganz normale Stühle aus, hatten aber in der Mitte der Sitzfläche ein Loch. Dadurch ähnelten sie eher – nun ja, man kann sich denken, wie. Aber irgendwo mussten ja die kleinen Stummelschwänzchen bleiben und eigentlich waren sie ganz bequem.

Die Sitzgelegenheiten standen um einige merkwürdige Tische herum, die eigentlich abgeflachten Felsblöcke waren. Auf ihnen lagen verschiedene Sachen, die ich als Fleischstücke und Teile von Pflanzen erkannte. Meine Gastgeber setzten sich. Sie schienen gerade beim Essen gewesen zu sein. Mein neuer Bekannter – ich „fühlte", dass er es war – stellte sich neben einen freien Stuhl und sah mich an. Ich spürte seine Aufforderung, mich ebenfalls zu setzen und zu essen. Dann setzte er sich auf einen anderen freien Stuhl mir gegenüber.

Setzen, ok. Aber rohes Fleisch essen? Ich zögerte. Aber als ich die Aufforderung, zuzugreifen spürte, nahm ich ein kleines Stück und biss vorsichtig hinein. Es schmeckte nicht einmal schlecht. Das Fleisch war zwar sehr saftig – blutig? – doch es löschte gleichzeitig auch meinen Durst. Irgendwelche andersartigen Getränke sah ich nicht. Und als ich auch noch einige der saftigen Pflanzenteile gegessen hatte, war er vollkommen verschwunden.

Nachdem das Mahl beendet war, blieben einige reglos auf ihren Plätzen sitzen und schauten mich erwartungsvoll an. Die übrigen gingen für mich unerkennbaren Tätigkeiten nach.

Was erwarteten meine Gastgeber nun von mir? Als ich mich entspannte, konnte ich ihre Gedanken besser hören – nein spüren.

Wo und wie ich hierherkäme? Was ich hier mache? Was ich vorhätte? Was das für eine geheimnisvolle Macht wäre, die ich hätte?

Die ersten Fragen konnte ich selber nicht beantworten. Ich wusste ja selber nicht, was geschehen war und den Grund auch nicht. Gab es einen?

„Es muss aber einen geben! Nichts geschieht ohne", überlegte ich.

Ich war etwas verwundert, als ich eine Welle des Verstehens spürte. Was waren das nur für Wesen? Sie schienen tiefe Erkenntnisse zu besitzen. Und das, obwohl sie fast noch vorsteinzeitlich schienen.

„Was ist vorsteinzeitlich?", brandete mir entgegen.

Ich versuchte ziemlich unbeholfen und auf die für mich neuartige Art der Kommunikation, es ihnen zu erklären. Aber ich brach meinen Versuch bald ab. Ich fühlte Unverständnis, Unglauben, ja sogar starke Abneigung.

Nachdem sich meine Gastgeber wieder einigermaßen beruhigt hatten, wollten sie etwas über die geheimnisvolle Macht wissen. Nachdem sie zugestimmt hatten, dass ich sie

ihnen einmal vorführen würde, stand ich auf – und blieb mit meinem Stummelschwänzchen im Loch hängen. Polternd fiel der Stuhl um und der Lärm ließ wieder alle zusammenfahren. Krampfhaft versuchte, ich meinen Lachreiz zu unterdrücken. Das war ja auch wieder einmal zu komisch.

„Fehlende Feinmotorig", würde meine Frau jetzt bestimmt sagen. Ich suchte einen Platz soweit wie möglich von allen weg.

Nun gesellten sich auch alle anderen in die Sitzecke. Nach einem kurzen gedachten Kommando schossen auch die Kleinen heran und klammerten sich an den nächstbesten Ausgewachsenen.

Ich konzentrierte mich auf meinen goldenen Kokon. Wieder konnte ich nichts wahrnehmen, aber ich sah es an der Reaktion meiner Gastgeber. Sie drängten sich noch enger aneinander und eine Welle unterschiedlicher Gefühle brandete mir entgegen. Als dann die Kleinen tatsächlich völlig ungewöhnlich ängstliche Töne von sich gaben, ließ ich den Kokon verschwinden.

Danach saßen wir noch lange Zeit zusammen. Die Kinder hatten sich wieder beruhigt und gingen wieder ihren Spielen nach. Und die Kommunikation über die „Gefühle" gelang mir immer besser. Nun konnte ich ihnen auch von Mahel erzählen. Für sie schien das aber nicht besonders interessant zu sein. Ich hatte das Gefühl, dass sie genau wussten, wovon ich ihnen erzählen wollte. Auf meine diesbezügliche Frage ließen sie mich spüren, dass jeder von ihnen mindestens einen solchen „Engel" hätte. Wirklich – ich fragte dreimal nach – sie übermittelten mir Engel.

Wieder fragte ich mich, wo ich hier hingeraten war. Wenn ich jemals noch einmal die Gelegenheit bekommen würde, wollte ich unbedingt Mahel dazu befragen.

Die Gelegenheit sollte schneller kommen, als ich dachte und mir eigentlich lieb war. Wie nämlich das körperliche

Leben so spielt: wenn man oben was hineinsteckt, muss auch irgendwann unten etwas heraus. Und so hatte ich auf einmal im unteren Körperbereich ein bekanntes drängendes Gefühl. Ja, davor schützt auch eine Traumwelt nicht! Eine neue Erfahrung – ich musste wohl schon lange hier sein!

Meine Gastgeber teilten mir belustigt, aber verständnisvoll, die notwendigen Abläufe mit. Toiletten gab es nicht, und ich musste mich in ein nahes Gebüsch zurückziehen. Aber nicht, bevor einige von ihnen die Umgebung „abgefühlt" hatten.

Ich machte mich auf eine stinkende Stelle in den Büschen gefasst, wurde aber angenehm enttäuscht. Warum sollte ich in Kürze erfahren.

Ich entledigte mich also meiner Pein. Kaum war ich fertig und wollte wieder zurückgehen, als urplötzlich aus allen Ecken und Kanten handgroße Mischungen aus Krabbe, Käfer und Spinne geschossen kamen, und sich über das hermachten, was ich hatte loswerden müssen.

Bevor ich erschreckt beiseite springen konnte, wurde es dunkel, und ich mit einem leisen Aufschrei auf meiner Liege in meinem Arbeitszimmer wach.

Neue Gefahr

Seit meinem letzten Abenteuer war schon einige Zeit vergangen und ich hatte bisher noch keinen Drang verspürt, wieder einmal in meine Traumwelt zu wechseln. Auch Mahel und die Übrigen hatten sich nicht mehr gemeldet.

Und so saß ich wie jeden Tag an meinem Schreibtisch und schrieb an meinem Buch. Aber bald sollte es mit der Ruhe vorbeisein.

Ich hatte plötzlich das Gefühl, als würde ich schielen. Ich lehnte mich zurück und holte tief Luft. Doch der Eindruck, doppelt zu sehen, wurde immer stärker.

Das Gefühl hielt wahrscheinlich nur Sekunden an, dann verschwand es so plötzlich, wie es gekommen war. Ich sah zu meinem Schlüssel, der wie immer an seinem Platz hing. Nichts!

Ich musste mit Mahel sprechen!

Als ich vor meinem Haus am See ankam, hatte ich gleich ein negatives Gefühl. Etwas musste geschehen sein. Sofort errichtete ich meinen Lichtkokon um mich und rief nach Mahel.

Als ich schon nicht mehr mit seinem Kommen rechnete, materialisierte er neben mir. Wie immer wusste er, was ich wollte.

„Dein Eingreifen in die Zeitstränge wurde im gesamten Universum bemerkt! Natürlich auch von den Dunklen Mächten! Nun sind sie in Aufruhr und suchen eine Möglichkeit, die Kontrolle wiederzubekommen.

Das negative Gefühl, das du hast, durchflutet das gesamte Universum. Viele Völker werden dadurch aggressiv und mordlüstern. Und bald werden die Dunklen Mächte versuchen, deiner habhaft zu werden. Denn Du bist eine große Gefahr für sie."

„Durfte ich mich in die Sache einmischen? Durfte ich die Zeitstränge ändern? Verstieß ich damit nicht gegen die Universellen Gesetzte des Allschöpfers? Ich habe doch die Legovs manipuliert!"

„Sicher. Aber das geschah nach Seinem Willen!"

„Der Allschöpfer wollte, dass ich gegen seine Gesetze verstieß? Wie kann das sein? Und woher willst du das wissen?"

„Wissen tu ich es natürlich nicht! Aber alles spricht dafür! Und bevor du zum Allschöpfer aufsteigen kannst, musst du noch viele Stationen durchlaufen. Ein Leben reicht dafür nicht aus! Und damit dein Karma sich erfüllt, musstest du gegen die Gesetze verstoßen!

Und dein Weg ist noch nicht zu Ende!"

Mahel schwieg und ließ mich ungestört meinen Gedanken nachhängen.

Was erwartete der Allschöpfer von mir? Mahel sah mich gespannt an. Ich fühlte es ganz deutlich.

„Du bist nur für diesen Teil des Universums verantwortlich! Der Allschöpfer erwartet von dir nur, was du auch erfüllen kannst! Und letztendlich hast du den freien Willen, etwas zu tun", ließ sich Mahel vernehmen.

„Und wenn ich nichts tue?"

Mahel sah mich auf eine Art an, dass ich das Gefühl hatte, selber die Antwort zu kennen.

Mein Weg zum Allschöpfer würde länger werden!

„Oft ist die Lösung einfacher, als man denkt! Und oftmals ist sie mit nur einem kleinen Opfer verbunden."

Dann war ich wieder allein. Ich saß auf meinem Stuhl auf der Veranda vor meinem Haus am See. Gedankenverloren sah ich auf die spiegelglatte Wasserfläche hinaus.

Plötzlich fiel mir auf, dass es mehr Fische im See zu geben schien, als ich mir „gedacht" hatte. Ich schaute genauer hin. Tatsächlich, aber wie konnte das sein?

Hatte meine Traumwelt sich selbständig gemacht?

Die nächste Stunde verbrachte ich damit, die von mir selbst gedachte Umgebung zu untersuchen. Überall blühte und lebte es, ganz, wie ich es mir erschaffen hatte. Doch bei genauerem Hinsehen sah ich auch Werden und Vergehen!

Die Erkenntnis traf mich wie ein Donnerschlag! Ich hatte Gott gespielt! War das rechtens?

Ob rechtens oder nicht – es war, wie es war.

Nachdenklich ging ich wieder zum See und setzte mich erst einmal auf meinen Stuhl.

Nachdem ich mich wieder etwas erholt hatte, spürte ich wieder dieses unheilvolle Gefühl. Mir wurde bewusst, dass ich nun eine Art Verantwortung für meine Traumwelt hatte – für das Leben, dass sich nun selbständig entwickelt hatte. Was würde mit ihm geschehen, wenn ich es sich selbst überlassen würde?

Immer noch nachdenklich verließ ich meine Traumwelt.

Lange Leitung

Harry war ein Klassenkamerad, der mich lange Jahre begleitete. Nach Abschluss der Schulzeit verloren wir uns aus den Augen. Wie wir uns dann wiedertrafen, weiß ich nicht mehr. Jedenfalls lagen viele Jahre dazwischen, und wir hatten beide eine Familie gegründet.

Wir trafen uns dann jeden Montag mit drei seiner Bekannten und spielten Doppelkopf. Dabei ging es zuweilen hoch her. Nein, nicht alkoholmäßig – lautstark wurde über die „Spielfehler" des jeweiligen Partners geschimpft. (Doppelkopf ist ein Kartenspiel für vier Spieler, in dessen Spielverlauf jeweils zwei gegen die beiden anderen zusammenfinden.) Nun, ich war meistens der „Dumme", denn ich konnte mir die bereits gefallenen Karten nicht merken.

Lange Rede – kurzer Sinn. Im Laufe der Zeit wurden die Worte immer persönlicher. Aber, wie hatte mein Vater immer gesagt: Wenn Du die Maulerei nicht abkannst – dann musst Du die Finger von den Karten lassen!

Dann kam der letzte Abend. Ich spielte mit einem anderen der Gruppe gegen Harry und seinen Partner. Harry schien sehr gute Karten zu haben. Irgendwie schaffte ich es aber, ihm einen Strich durch seine Rechnung zu machen und er sah sehr schlecht aus (spielemäßig gesehen!). Wütend knallte er den Rest seiner Karten auf den Tisch und schrie aufgebracht: „Da hat man mal ein Superblatt auf der Hand – und da kommt so ein ... Dahergelaufener ... und macht einem alles kaputt!" Das war genug! Wütend und tiefverletzt sprang ich auf, warf ihm meine restlichen Karten quer über den Tisch an den Kopf und ging. Zwar versuchte der Gastgeber mich zum Bleiben zu bewegen – die beiden anderen anwesenden Mitspieler (wir waren heute zu fünft) schauten nur dümmlich – aber das Fass war voll. Ich ging und kam nie wieder.

Die restliche Gruppe zerfiel bald darauf und über Umwegen hörte ich nach Jahren, dass Harry sehr krank geworden sei. Aber das interessierte mich nicht mehr. Für mich war er – wie man so schön sagt – an dem bewussten Abend gestorben. Ich weiß bis heute nicht, wie es ihm nun geht.

Zehn, fünfzehn Jahre vergingen und hin und wieder musste ich an Harry denken.

Ich war früh aufgestanden und hatte den ganzen Tag konzentriert gearbeitet. Als ich dann abends zu Bett ging, fiel ich sofort in einen tiefen Schlaf. Und ich träumte – von Harry.

Harry fuhr mit seinem Auto vor mir her. Aus irgendeinem Grund musste ich ihm folgen. Ich besitze zwar keinen Wagen, aber trotzdem versuchte ich in einem, ihn nicht aus den Augen zu verlieren. Merkwürdigerweise zog ich ein Telefonkabel hinter mir her – Kilometer um Kilometer – und es wurde immer länger.

Die Fahrt ging durch Felder und kleine Hausansammlungen. Harrys Abstand zu mir wurde immer größer. Dann, in einer kleinen Ortschaft, verlor ich ihn an einer Kreuzung aus den Augen. Nun ja, wofür hat man ein Handy. Also rief ich ihn an. Komischerweise war Harrys Frau am anderen Ende. Sie erklärte mir, dass ich die und die Nummer anrufen müsste und dort die Handynummer von ihm erfahren könnte.

Mir schwirrte der Kopf. Ich zog immer noch das immer länger werdende Telefonkabel hinter mir her … Die Bilder und Eindrücke in meinem Traum verschwammen … und ich wurde wach.

Verwirrt blieb ich noch eine Zeit lang in meinem Bett liegen und versuchte zu verstehen, was ich da gerade geträumt hatte. Dann hielt ich es nicht mehr im Bett aus, stand auf und machte mir erst einmal einen Kaffee. Nachdenklich trank ich ihn langsam, bog meine Gedanken wieder gerade und begann trotz der frühen Tageszeit zu arbeiten.

Schatten

Wie immer saß ich an meinem Schreibtisch und arbeitete. Plötzlich hatte ich den Eindruck, dass der Schlüssel, den ich an einer Kette am Bildschirm hängen hatte, leicht aufleuchtete. Gleichzeitig meinte ich, aus den Augenwinkeln eine Bewegung zu sehen. Aber als ich den Kopf wandte, war da nichts. Was sollte da auch gewesen sein? Ich war alleine im Haus. Ich konzentrierte mich wieder auf meine Arbeit.

Wieder ein Schatten – natürlich wieder nichts. Ich schüttelte den Kopf. Und wieder...

Nun lehnte ich mich in meinem Sessel zurück, entspannte mich, dachte an nichts und öffnete meinen Geist. Ich versuchte, etwas zu spüren – zu erfassen.

Plötzlich leuchtete der Schlüssel stärker. „Achtung – Gefahr" materialisierte ein Gedanke in meinem Kopf. Sofort baute ich meinen Lichtkokon um mich auf. In Gedanken schaute ich mich in meinem Arbeitszimmer um. Dann im ganzen Haus und anschließend im Garten.

Zuerst konnte ich nichts erfassen. Doch nach und nach sah ich sie: mehrere dunkle Schatten huschten um mich herum. Deutlich spürte ich ihre negative Ausstrahlung. Was hatten sie vor? Was hatte das zu bedeuten? War ich in Gefahr? Waren die Schatten real oder nur eine Ausgeburt meiner Phantasie? Täuschten mich meine Augen? Aber ich „sah" sie ja nicht – ich „spürte" sie.

Ich konzentrierte mich stärker, schoss einen Lichtpfeil auf einen der Schatten und spürte Erschrecken, Wut und auch Schmerz. Von einer Sekunde zur anderen verschwanden die Schatten. Zur Sicherheit hielt ich den Lichtkokon um mich herum noch eine Weile aufrecht.

Alien

Das Raumschiff flog antriebslos durch das All. Irgendetwas hatte mich hierhergeführt. Ich hatte eigentlich nur ein kleines Nickerchen auf der sonnendurchflutenden Terrasse meines Hauses machen wollen – aber nun war ich hier. Und so streifte ich durch die dunklen Gänge. Die Dunkelheit störte mich nicht – ich sah, fühlte mehr, alles, als ob es hier taghell wäre. Alles hier war so unsagbar fremd, dass ich es nicht beschreiben kann.

Dann spürte ich hinter mir plötzlich eine Präsenz. Es kam jemand oder etwas, dem die Dunkelheit anscheinend auch nichts ausmachte. Ich stellte mich in eine Nische im Gang, deren Sinn und Zweck ich nicht erkennen konnte. Das Wesen, das an mir vorbeiging, war so abgrundtief hässlich, dass mir ein Schauder über den Rücken lief. Ich musste sofort an das Alien aus dem gleichnamigen Film denken. In Gedanken hielt ich die Luft an, dabei atmete ich doch gar nicht. Als es auf meiner Höhe war, stockte sein Schritt. Dieser unsäglich hässliche Kopf drehte sich in meine Richtung. Nahm dieses Wesen mich etwa wahr? Ich baute den Lichtkokon um mich auf. Nun trat das Wesen einige Schritte zurück, bis es von der gegenüberliegenden Gangwand aufgehalten wurde. Ich spürte Verwunderung, nichts Böses oder Aggressives, und so lockerte ich etwas meinen Schutz.

„Wer oder was bist du?", empfing ich und „was willst du hier?" Ich sandte ein paar friedliche, freundliche Gedanken, was mir wegen des Aussehens meines Gegenübers nicht leichtfiel.

„Ich weiß noch nicht, was mich herführte", übermittelte ich dann und stellte mich vor. „Ich bin ein Mensch von einem Planeten namens Erde irgendwo in diesem Universum."

„Ach so. Gut", kam es zurück.

Nun war ich dann doch etwas erstaunt. Es war alles so unwirklich. Da war ich von einem fremden, potthässlichen Wesen auf dessen Raumschiff entdeckt worden, und alles, was es dazu sagte, war „Gut".

Das Wesen – ich werde es einmal Alien nennen, denn ein besserer Name fiel mir nicht ein, und der von ihm übermittelte Name war so fremdartig, dass ich ihn noch nicht einmal denken konnte – blieb noch einige Sekunden bewegungslos stehen, um dann seinen Weg fortzusetzen. Als Alien sich einige Meter entfernt hatte, übermittelte er – oder sie? – oder es? – „Komm mit."

Immer noch reichlich verdutzt, ließ ich den Licht-Kokon um mich herum ganz zusammenfallen und folgte ihm langsam. Er drehte sich nicht um und ging einfach weiter.

Nach einiger Zeit blieb Alien stehen und in der Wand links von uns öffnete sich ein Durchgang, der vorher nicht zu erkennen gewesen war. Wir traten in einen großen Raum, der ebenfalls vollkommen lichtlos war. Licht schien es hier nirgendwo zu geben. Und obwohl die Einrichtung ebenso vollkommen fremd war, wie alles, was ich bisher hier „gesehen" hatte, wusste ich, dass wir uns in einem Kontrollraum befanden.

Auf einem flachen Podest in der Mitte des Raumes befand sich eine eigenartige Vorrichtung. Ich musste unwillkürlich an einen Toilettendeckel denken, der von einem Rand einen

breiten Schlitz bis etwas über die Mitte hinaus hatte. Was das für ein Ding war, wurde sofort klar, als Alien darauf Platz nahm – irgendwo musste er ja mit seinem kräftigen Schwanz hin!

Ich „schaute" mich in dem Raum um, konnte aber nichts von der Einrichtung identifizieren. Nun, man muss nicht alles wissen…

Plötzlich tauchte dem Alien gegenüber ein Stuhl aus dem Nichts auf, der dem vor meinem Haus am See glich. Ich nickte nur und nahm Platz.

Hier saßen wir uns nun einige Zeit gegenüber, ohne ein „Wort zu wechseln".

„Du bist nach unserer Vorstellung auch nicht gerade eine Schönheit!", eröffnete Alien das „Gespräch". Dabei übermittelte er mir Gefühle von Güte, Verständnis und Frieden.

„Die menschliche Rasse, der ich ja nun mal angehöre, ist nach kosmischen Maßstäben noch nicht sehr alt und steckt noch voller urtümlicher kreatürlicher Ängste. Natürlich kann man aus dem Aussehen nicht auf das wirkliche Wesen seines Gegenübers schließen", antwortete ich und übermittelte ebenfalls positive Gefühle aus.

„Ja, ich weiß", antwortete Alien und hatte damit alles Nötige gesagt.

Nach einigen schweigsamen Augenblicken „fragte" ich: „Du bist nicht alleine hier auf dem Schiff?"

„Natürlich nicht", kam prompt die Antwort. „Hier auf dem Schiff leben viele meiner Artgenossen. Aber sie schlafen. So sparen wir sehr viel Energie." Vor meinem geistigen Auge erschienen unzählige Räume, in denen abertausende Artgenossen von Alien in „durchsichtigen" Behältern schliefen.

„Wenn das Schiff seinen vorbestimmten Ort erreicht hat, werde ich sie aufwecken und wir werden unserer Bestimmung folgen", fuhr Alien fort.

Er spürte meine Neugierde und begann zu „erzählen":

„Wir sind die älteste Rasse in diesem Universum. Uns ist jedenfalls keine ältere begegnet! Als wir uns soweit fortentwickelt hatten, dass wir eigentlich auf eine körperliche Existenz verzichten konnten, gelangten wir zu der Erkenntnis, dass dieses großartige Universum dann quasi ohne jegliches höheres Leben wäre. Es hätte noch Äonen gedauert, bis wieder eine intelligente Lebensform entstanden wäre. Warum und wie wir entstanden waren, haben auch wir noch nicht so ganz verstanden." Alien machte eine Pause und ich hatte den Ein- druck, dass er darüber nachgrübelte.

Ich nutzte die Pause und übermittelte ihm mein Wissen über die verschiedenen Ebenen der Existenz und dem Allschöpfer.

„Unsere ‚Weisen' behaupten ähnliches", entgegnete Alien. „Aber wir fanden noch keine ‚Beweise' dafür!"

„Ich denke, ihr selber seit der ‚Beweis'", erwiderte ich. „Woher sollte sonst euer Entschluss kommen, nicht in die nächste Ebene zu wechseln? Der Allschöpfer hatte etwas Besonderes mit euch vor!"

„So haben wir das noch nicht gesehen", antwortete Alien grübelnd. „Wie dem auch immer sei", fuhr er dann fort. „Wir beschlossen, das Universum nach geeigneten Orten zu durchsuchen und dort den Lebenssamen auszusäen. Und so ziehen wir seit Anbeginn der Zeit durch das Universum – von einem geeigneten Ort zum nächsten."

Dann hingen wir beide wieder unseren Gedanken nach.

Plötzlich erschien ein Bild in meinem Kopf. Alien beobachtete mich genau – das spürte ich. Das Bild zeigte einen unendlich großen Lagerraum, in dem unzählige „Steinkugeln" lagerten. Die kleinsten waren etwa fußballgroß, die größten mochten bis zu drei Meter Durchmesser haben.

„Das sind die Träger der ersten Lebenskeime", übermittelte mir Alien. „Wenn sich irgendwo im Universum ein neuer Planet bildet, schicken wir passende Lebenskugeln auf die Reise. Sie bestehen aus einem besonderen Material, das die Unbilden des Alls ohne Probleme übersteht. Auch eine eventuell schon bestehende Atmosphäre sind für sie kein Hindernis.

Auf einem Planeten angekommen, setzen sie im Laufe der Zeit die Lebensbausteine frei und das Leben beginnt sich zu entwickeln. Der größte Teil geht verloren. Aber nur einer reicht für gewöhnlich!"

War das das Geheimnis der „Steinkugeln", die in Südamerika gefunden worden waren und deren Herkunft und Sinn sich die irdische Wissenschaft nicht erklären konnte?

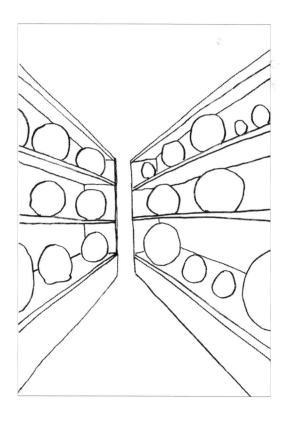

„Ja!", übermittelte mir Alien kurz. Dann schwieg er wieder.

Auf einmal schien Alien zusammenzuzucken und gerade, als ich ihn nach dem Grund fragen wollte, spürte ich eine fast unmerkliche auf- und abschwellende Schwingung, die bisher nicht vorhanden gewesen war.

Alien schaute gebannt zu mir herüber. Und dann sah ich – ja richtig: Diesmal sah ich –, dass mein Schlüssel, den ich wie immer an einer Kette um den Hals trug, ganz leicht pulsierend aufleuchtete. Mahel rief mich! Ich wusste es einfach.

„Ich muss gehen", übermittelte ich Alien und sandte ihm noch ein paar erklärende Gedankenbilder. „Aber ich werde versuchen, zurückzukommen!" Ich spürte noch Aliens unsägliches Erstaunen, dann verschwand er und das Raumschiff und ich befand mich auf der Terrasse meines Hauses am See.

Der Aufzug

Ich gehe einen langen, hellerleuchteten Gang entlang. Die Wände rechts und links von mir sind fast vollständig aus Glas. Ich sehe in leere Büros. Wo bin ich? Ich weiß es nicht! Alles ist so unwirklich.

Am Ende des Ganges befindet sich ein Aufzug. Als ich noch ungefähr zehn Meter entfernt bin, gleiten die beiden Türen auseinander. Heraus tritt ... Ich. Überrascht bleibe ich stehen – mein Gegenüber ebenso. Mit einem erschreckten Gesichtsausdruck tritt ich-2 wieder zurück in den Aufzug. Die Türen schließen sich wieder.

Plötzlich trete ich aus einem Aufzug. Überrascht blicke ich in einen düsteren Gang. Alles sieht so komisch aus. Ich kann es nicht beschreiben. Etwa zehn Meter vor mir steht eine Gestalt. Ich erkenne ... mich! Erschreckt trete ich rückwärts in den Aufzug zurück. Die Türen schließen sich.

In Schweiß gebadet erwache ich. Ich hasse Aufzüge!

Das Tor

Als ich in meinem Gartenstuhl auf der Veranda meines Hauses am See ankam, war Mahels Astralleib bereits da. Die Begrüßung war kurz, aber herzlich. Es schien etwas Schlimmes geschehen zu sein.

Mahel kam auch direkt zur Sache.

„Die Barriere wurde durchbrochen! Das Chaos, die negativen Mächte haben gegen die universellen Gesetze des Allschöpfers verstoßen und sind dabei, ihren Herrschaftsbereich auf unsere Dimension auszuweiten. Dadurch wird das universelle Gleichgewicht schwer gestört. Sollte es ihnen gelingen, hier fußzufassen, wird auch dieser Teil des Universums in Chaos, Gewalt und Dunkelheit versinken."

Schwang da Panik in den Gedanken Mahels? So hatte ich ihn noch nicht erlebt.

„Diese Schwingung …?!", dachte ich.

„Ja", antwortete Mahel. „Sie dringt durch den Spalt des sich öffnenden Portals. Sie wird stärker werden und unser gesamtes Universum überfluten. Sie wird die Psyche aller intelligenten Wesen unseres Universums negativ verändern! Noch verhindern die positiven Schwingungen ein schnelleres Öffnen des Portals; aber lange werden sie nicht standhalten – wenn nicht unterstützend eingegriffen wird!"

„Und warum helft ihr nicht?", fragte ich.

„Du weißt doch, dass wir aus unserer Dimension heraus nicht helfen können – und dürfen!", antwortete Mahel. „Wir müssten unsere körperliche Existenz aufgeben und wieder in die dreidimensionale Welt inkarnieren. Doch das ist nicht so einfach und ob wir es in die richtige ‚Zeit' schaffen würden, ist nicht sicher..."

Nachdenklich schaute ich auf den nebelartigen Körper von Mahel. Langsam reifte in mir eine Vermutung und ich spürte, dass er mich ansah.

„Ja", dachte Mahel nach einiger Zeit. „Du bist auf diesem Zeitstrang – deiner Realität und Dimension – das einzige Wesen, das die Möglichkeit hat, etwas zu erreichen!"

„Ich will aber nichts Besonderes sein! Ich will einfach nur in Frieden leben!"

„Das wirst du dann aber nicht mehr können! Wenn deine Realität in Chaos und Gewalt versinkt, bist auch du betroffen. Und diese deine Traumwelt hier wird dich auch nicht davor beschützen. Und was ist mit den unzähligen gefühlsfähigen Wesen dieses Universums? Du wirst dir auf ewig bewusst sein, dass..."

Leicht verstimmt unterbrach ich Mahel. „Das brauchst du mir nicht erst zu sagen... Das grenzt ja schon an Manipulation."

„Oh nein", antwortete Mahel erschreckt. „Dir bleibt ja die Wahl – Du kannst selbst entscheiden. Auch wenn du dich genötigt fühlst..."

„Schon gut", unterbrach ich ihn erneut. „Ja, ich weiß!"

Nach einiger Zeit des Schweigens fuhr Mahel fort: „Du hast schon einige Angriffe der Dunklen Mächte überstanden.

Das waren aber Mächte, die zu unserem Universum gehören – seit Anbeginn der Zeit. Darum hattest du keine großen Probleme, mit ihnen fertig zu werden! Doch sollten diese sich mit den Dunklen Mächten der Dunklen Dimension vereinen – und das werden sie – dann wird es schlimm für uns!"
Nachdenklich sah ich Mahels Astral-Leib an.
„Schon gut, schon gut!", entgegnete ich. „Ich kann mir denken, was das Schicksal für mich vorgesehen hat. Doch wo soll ich beginnen?"
„Du warst doch schon einmal auf dem Mond…", antwortete Mahel auf meine Frage.

Natürlich erinnerte ich mich an das Geschehen bei meinem Mondbesuch. Ich war nie mehr dort gewesen. Zu nachhaltig war das Gefühl der Gefahr gewesen.
„Der Mond?", fragte ich ungläubig. Meine Gedanken schlugen Purzelbäume. „Ausgerechnet der Trabant meines Geburtsplaneten? Wieso?" Ich konnte einige Zeit keinen klaren Gedanken fassen.
„Es gibt keine Zufälle!", ließ Mahel sich vernehmen. „Außerdem ist der Planet Erde in der Tat etwas Besonderes. Es gibt nicht viele wie ihn! Die Erde ist einer der wenigen … Kondensationspunkte … in unserem Universum. Er wirkt wie eine … Linse, die positive Schwingungen verbreitet. Die anderen, wenigen Planeten – also … Linsen – die es gibt, nehmen diese Schwingungen auf und verteilen sie ihrerseits weiter. Leider ist es nun so, dass sie jede Art von Wellen aufnehmen, also auch negative.

So ist es naheliegend, dass die Dunklen Mächte versuchen, in der Nähe einer solchen ... Linse einen Brückenkopf zu errichten. Zwar würde die dreidimensionale Entfernung keine Rolle spielen, aber wie auch wir Isazanas haben die Mächte des Chaos auf dieser Ebene Probleme. Wohl eher zufällig haben sie die Erde gefunden.

Und nun beginnen sie, hier ein Portal zu errichten. Natürlich nicht sie selber – das können sie genau wie wir nicht –, aber sie haben hier eine leicht beeinflussbare Rasse gefunden; eine Rasse, die keine Fähigkeit zum Fühlen besitzt. Sie ist schon sehr alt und hat die Fähigkeit zur biologischen Fortpflanzung längst verloren. Obwohl sie für eure Verhältnisse sehr alt werden, ersetzen sie Verluste durch Klonen. Das hat letztendlich zu ihrer Gefühlslosigkeit geführt."

„Die kleinen Greys", entfuhr es mir.

„Ich habe dir schon mehr erzählt, als ich eigentlich dürfte!", übermittelte mir Mahel noch, während sein Astral Körper langsam verschwand.

„Na toll", dachte ich schmunzelt, „wenn's interessant wird – einfach abhauen!"

Das also hatte ich auf dem Mond gesehen. Darum das bedrohliche Gefühl.

Ich blieb noch eine Weile im meiner „Traumwelt" und hing meinen Gedanken nach. Dann wechselte ich wieder in die „Realität" und lag noch lange auf meiner Couch im meinem Arbeitszimmer.

Ich also hatte die Aufgabe vom Allerschaffer zugeteilt bekommen, dieses Universum zu retten. Mich schauderte.

Doch was hatte Mahel gesagt? Der Allerschaffer überträgt nur Aufgaben, die auch zu lösen sind!

Ich würde mich dieser Aufgabe stellen, das war klar. Dazu brauchte ich aber einen guten Plan. Nichts durfte schiefgehen – ich hatte nur eine Chance – das wusste ich. Auch galt es, nun nichts zu überstürzen.

Also verdrängte ich vorerst die bohrenden Gedanken an meine Aufgabe und versuchte, an meinem Buch weiterzuschreiben.

Was ist Realität?

Während der ganzen Zeit ließ mich ein Gedanke nicht los: Was ist Realität?
Können Gedanken Realität erschaffen?
Ist das, was wir als real erachten, etwa das Ergebnis eines Gedankens? Und wer denkt dann diesen Gedanken?

Laut Wikipedia wird als real zum einen etwas bezeichnet, das keine Illusion ist und nicht von den Wünschen oder Überzeugungen einer einzelnen Person abhängig ist. Zum anderen ist real vor allem etwas, das in Wahrheit so ist, wie es erscheint, bzw. dem bestimmte Eigenschaften „robust" – also nicht nur in einer Hinsicht und nicht nur vorübergehend – zukommen. (Zitat; zu finden unter dem Stichwort: Realität)

Ich musste lachen: …das in Wahrheit so ist, wie es erscheint…

An anderer Stelle fand ich (frei zitiert): Wahrheit ist, wenn etwas wahr ist! Also: Wasser ist nass, wenn Wasser nass ist; und somit ist Wasser nass, weil es nass ist!

Ist also ein Traum real?
Nach der Erklärung bei Wikipedia nicht! Denn wie steht da: …und nicht nur vorübergehend…!

Aber das ganze Leben ist nur vorübergehend, erfüllt also auch nicht die Anforderung!

Für die Naturwissenschaften ist Realität das, was der wissenschaftlichen Betrachtung und Erforschung zugänglich, also (wiederholbar) messbar ist. Dinge, die nicht messbar sind, sollen keine Basis für wissenschaftliche Theoriebildung sein (Zitat Wikipedia).

Und wie war das mit der „Entdeckung" des Atommodells durch Niels Bohr, der 1922 dafür den Nobelpreis für Physik erhielt?

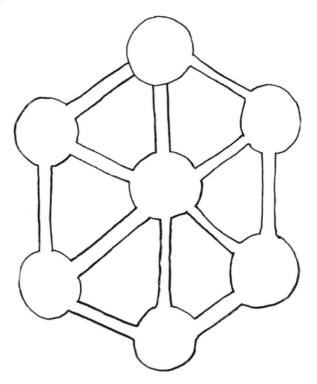

Er soll es während seiner Forschungsarbeit – einfach gesagt – „im Traum gesehen haben". Ob es wirklich so war, sei dahingestellt. Aber wenn, dann hat die Wissenschaft seinerzeit gegen ihre eigenen Regeln verstoßen! Denn: Dinge (hier ein Traum), die nicht messbar sind, sollen keine Basis für wissenschaftliche Theoriebildung sein! Trotzdem wurde (die Theorie) das Bohrsche Atommodell mit um den Atomkern kreisenden Elektronen lange Zeit von der Wissenschaft als „real" anerkannt.

Und immer wieder müssen – und werden – wissenschaftliche „Erkenntnisse", die als real oder wahr angesehen wurden, wegen neuer Entdeckungen revidiert werden.

Man muss unweigerlich zu dem Schluss kommen, dass es den Naturwissenschaften selber nicht möglich scheint, Realität oder Wahrheit exakt, und auch dem Normalsterblichen verständlich, zu definieren.

Die verlorene Stadt

Ich saß auf meinem Gartenstuhl auf der Veranda vor meinem Haus am See. Ich ließ meinen Gedanken freien Lauf – immer darauf bedacht, sie vor meiner Traumwelt abzuschirmen.

Dann hatte ich mit einem Mal die Idee, einen kurzen Streifzug durch unser Universum zu unternehmen. Kurz konzentriert – und ich sah unsere Spiralgalaxis, wie sie sich unter mir in der Unendlichkeit drehte. Ich zoomte mich näher heran, bis ich einzelne Sonnensysteme erkennen konnte. Plötzlich sah ich zarte Schwingungslinien zwischen den Planeten und Systemen. Die Linien leuchteten in sämtlichen Regenbogenfarben. Es sah so aus, als sei die Planeten und Sonnensysteme mit einem feinen Spinnennetz verwoben. Ich nahm das Bild staunend in mich auf.

Nachdem ich so einige Zeit langsam über dieses Netz geschwebt war, fiel mir auf einmal eine Interferenz am anderen Ende der Galaxis auf. Ich zoomte mich näher heran.

Im Zentrum der Störung erschien ein Planet. Hier war das Spinnennetz zu einem dunklen Knäuel verschlungen. Mein Interesse war geweckt. Während ich an den äußeren Planeten dieses Systems vorbeiglitt, konnte ich erkennen, dass sie mit einem noch feineren Netz überzogen waren.

Vorsichtig näherte ich mich meinem Ziel. Als ich in das dunkle Knäuel eintauchte, das den Planeten umgab, beschlich mich ein bedrohliches Gefühl. Was stimmte hier nicht?

Unter mir erkannte ich Einzelheiten der Oberfläche. Unwillkürlich musste ich an die Erde denken. Nach einem weiteren Blick erkannte ich aber, dass die Kontinente anders aussahen als auf meinem Heimatplaneten. Aber im Großen und Ganzen war die Ähnlichkeit verblüffend!

Auch dieser Planet war mit dem feinen Gitternetz umgeben. Allerdings leuchtete es nicht bunt. Die Farbe war undefinierbar dunkel. An einer Stelle, an der mehrere dieser Linien zusammentrafen, waren sie fast schwarz.

Noch vorsichtiger näherte ich mich diesem Punkt. Mein Unbehagen wuchs.

Als ich nahe genug heran war, konnte ich eine große völlig zerstörte und verfallene Stadt erkennen. Die einstigen Gebäude waren aus riesigen Steinblöcken errichtet gewesen. Sie sahen aus, als wären sie von gewaltigen Explosionen wie Streichhölzer durch die Luft gewirbelt worden.

War ich etwa doch auf der Erde? In Puma Punku?

Nein! Denn anders als dort waren die Steinblöcke hier auf einer Seite regelrecht verglast. Es mussten ungeheure Energien gewütet haben. War die Stadt etwa von Atom-Bomben getroffen worden? Aber ich konnte keine ungewöhnliche Strahlung spüren.

Ich musste an ein Buch denken, das ich vor längerer Zeit gelesen hatte. In ihm wurde die Theorie einer Plasma-Waffe vorgestellt. Mit solch einer Waffe sollte man aus jeder – auch intergalaktischer – Entfernung an einem beliebigen Ziel eine Plasma-Explosion initiieren können, die jede Atom-Bombe weit in den Schatten stellen sollte. Und Steinverglasungen seien eine Begleiterscheinung! Gegen eine solche Waffe gäbe es keinen Schutz, da sie auf einem atomaren Resonanzprinzip beruhe.

Mir stellten sich die Nackenhaare auf und ein Schauer durchlief mich.

Nachdem sich meine vibrierenden Nerven beruhigt hatten, zog ich einige Kreise um das Ruinenfeld. In einiger Entfernung stand in einem nicht so sehr der Zerstörung anheimgefallen Bereich ein großer Steinbogen. Aus mir unerklärlichen Gründen wies er kaum Beschädigungen auf.

Das musste ich mir genauer ansehen!

Äußerst vorsichtig näherte ich mich. Dann jedoch verharrte ich plötzlich. Ich fühlte eher, als ich es sah, ein schwaches Flimmern innerhalb des Bogens. Als ich mich wieder näher traute, fühlte ich so etwas wie eine elektrische Spannung, die den Bogen zu umgeben schien, und die stärker wurde, je näher ich ihm kam.

Auf meinen Lichtschutz vertrauend, baute ich meinen golden schimmernden Licht-Kokon um mich auf und trat beherzt durch den Bogen. Trotz meines Schutzes hatte ich das Gefühl, einen elektrischen Schlag erhalten zu haben. Ich brauchte einige Sekunden, um mich von ihm und der kurzfristigen Orientierungslosigkeit, die mich befallen hatte, zu erholen.

Als ich wieder klar sehen konnte, hatte sich alles verändert! In einiger Entfernung erkannte ich eine große Stadt – so könnte das Trümmerfeld hinter mir einst ausgesehen haben. In einem Reflex drehte ich mich um. Das Trümmerfeld war verschwunden. Nur unberührte Natur war zu sehen. Ich drehte mich wieder zurück und schaute auf die Stadt.

Ich war so in den Anblick der Stadt vertieft, dass mir entging, dass sich von der Seite eine große Zahl von Lebewesen näherte. Als ich sie dann wahrnahm, konnte ich meinen Augen nicht trauen. Waren das etwa ... Menschen?

Wegen der angenehmen Temperatur nur mit dem Nötigsten bekleidet, näherten sie sich, anscheinend ihrer Überlegenheit bewusst, furchtlos, ein wenig stolz wirkend, aber doch würdevoll. Alle trugen nur einen etwa knielangen Rock, der wie ein schottischer Kilt aussah und auch so gemustert war, dazu einfache, aber hochwertig erscheinende Sandalen.

Die Männer hatten schulterlange schwarze Haare. Als einzigen Schmuck trugen sie eine Feder auf dem Kopf. Ich konnte drei verschiedene Farben erkennen. Wie ich später erfuhr, zeigten sie den Initiationsstatus des Trägers. Nur einer der Männer trug zwei Federn in einer vierten Farbe.

Die Haare der Frauen waren ebenfalls schwarz und reichten bis zur Gürtellinie. Sie trugen keinerlei Schmuck.

Inzwischen hatte die Gruppe einen Kreis mit einer kleinen Aussparung in Richtung des Bogens um mich gebildet. Wollten sie mir damit eine Fluchtmöglichkeit lassen?

Ich blieb natürlich regungslos stehen und hob die rechte Hand zum Gruß. Nach ein paar Sekunden trat der Mann mit den zwei Federn langsam auf mich zu und sah mir erwartungsvoll in die Augen. Ich senkte für einen Augenblick den Kopf, um meine Ehrerbietung zu zeigen. Mein Gegenüber tat es mir gleich.

„Ich heiße Isazana", hörte ich seine Stimme in meinem Kopf. Nach einiger Zeit, in der wir uns wortlos gegenüberstanden und ich keine Anstalten machte, in Richtung des Bogens zu gehen, fuhr er fort: „Nun gut, dann folge uns".

Ich nickte zustimmend und wie auf ein Kommando drehten sich alle um und folgten Isazana, der ohne Hast den Weg in Richtung Stadt einschlug. Der deutete mir an, neben ihm zu gehen. So gingen wir schweigend, bis wir vor der gewaltigen Stadtmauer standen. Weit und breit war kein Eingang zu erkennen. Und nun?

Isazana sah mich – etwa etwas schelmisch? – an und deutete auf die Mauer. Ein etwas drei Meter breiter Bereich flimmerte plötzlich, und die sich wie in Luft auflösenden riesigen Steine gaben einen Durchgang frei.

Es dauerte eine ganze Weile, bis wir unser Ziel erreichten. Der große Bau war wie alle Gebäude, an denen wir vorbeikamen, aus riesigen Steinquadern errichtet. Er beherbergte ein kreisrundes Atrium, das sicherlich mehrere tausend Menschen aufnehmen konnte. Schnell füllte es sich.

Im Zentrum befand sich ein großer, ebenfalls aus Stein bestehender runder Tisch. Um ihn herum standen vierzehn schlichte aber bequeme Stühle. Isazana deutete auf einen von ihnen, auf den wohl ich Platz nehmen sollte. Er selbst setzte sich auf den gegenüberliegenden. Auf die übrigen zwölf setzten sich auf die eine Seite Frauen, die mir besonders langes Haar zu haben schienen. Auf den restlichen Stühlen nahmen Männer mit purpurnen Federn geschmückt Platz.

Ich sah mich um. Keiner der Anwesenden sprach ein Wort, das Atrium war bald vollständig mit Männern und Frauen gefüllt.

Gerade, als ich mich fragte, ob auch alle in diesem Raum das wohl nun folgende Gespräch richtig mitbekommen würden, hörte ich in meinem Kopf: „Wir brauchen keine akustischen Worte!" Dabei sah mich Isazana aufmerksam an. Ich nickte verstehend.

„Ich kenne einen Mahel. Er sagte, er stamme aus der Gemeinschaft der Isazana. Und nun nennst du dich Isazana!", eröffnete ich das „Gespräch".

Mit einem Mal überzog ein Ausdruck der Freude und Erleichterung die Gesichter der Anwesenden.

„Dann haben es unsere Brüder und Schwestern also geschafft!"; übermittelte mir Isazana und als er meinen verblüfften Gesichtsausdruck bemerkte, fuhr er fort:

„Vor langer, langer Zeit lebte unser Volk auf einem paradiesischen Planeten. Es gab keine Kriege, keine Unterdrückung und kein Leid. Wir entwickelten unsere geistigen Gaben – schufen, was wir zum Leben brauchten mit der Kraft unserer Gedanken. Darum brauchten wir auch die Schätze unseres Planeten nicht! Alles war reinste Harmonie. Aber es gab auch eine andere Seite der Medaille. Ab und zu wurden Kinder geboren, die keinerlei geistige Fähigkeiten besaßen. Natürlich wurden sie von uns nicht ausgestoßen, und wir sorgten für sie. Und so entstand langsam eine Gruppe, die vor den Fähigkeiten unseres Volkes angst hatte. Sie konnten sich nicht telepathisch verständigen, sie konnten sich nicht die lebensnotwendigen Dinge „erdenken". Doch dann wollte sich diese Gruppe nicht mehr als Hilfsbedürftige fühlen. Sie beschlossen, auf einen anderen Kontinent zu ziehen und dort ein eigenständiges Leben zu führen. Dass sie dafür schwere körperliche Arbeiten verrichten mussten, war ihnen egal. Sie wollten einfach nur Gleiche unter Gleichen sein.

Wir ließen sie schweren Herzens ziehen.

Langsam entwickelte sich Besitz- und Machtstreben unter ihnen. Keiner wollte das schwer Erarbeitete mit anderen teilen. Und der, der sich mehr erarbeiten konnte als andere, wollte auf einmal etwas Besseres sein."

Traurigkeit breitete sich auf den Gesichtern der Anwesenden aus. Sah ich sogar einige Tränen? Isazana musste eine Pause machen.

Dann fuhr er mit einem Gedankensprung fort: „Wir hätten das ganze Universum besiedeln können. Aber wir wussten durch unsere enge Verbundenheit mit dem Allerschaffer, dass dort eine große Gefahr für unser Volk existierte. Denn wo Licht ist, ist auch Schatten. Wo Gutes existiert, gibt es auch Böses! Und das Böse duldet das Gute nicht!

Dadurch, dass wir uns eben nicht im Universum ausbreiteten und unsere Bevölkerungszahl nicht ins Unermessliche wachsen ließen, blieben wir vom Bösen verschont. Außerdem umgaben wir unseren Planeten Kraft unserer Gedanken mit einem Schutzschild, der uns verbarg.

Die Zahl unserer Brüder und Schwestern, die uns verlassen hatten, nahm stetig zu. Nur ganz selten kamen bei ihnen Kinder mit überragenden geistigen Fähigkeiten zur Welt. Bei weitem waren diese allerdings nicht so ausgeprägt, wie bei uns. Immerhin verhalfen sie der menschlichen Rasse, wie sie sich nun nannten, zu enormem technischen Wissen und Können, wurden aber immer misstrauisch beobachtet.

Sie hatten gelernt, die Energie, die sie zum Leben zu benötigen schienen, aus Kristallen zu gewinnen. Und als sie diese dann selbst herstellen konnten, meinten sie, immer größere zu benötigen. So kam es, wie es kommen musste: In einer ungeheuren Explosion verging der ganze Kontinent, auf dem sie lebten und versank im Meer. Nur wenige konnten sich retten, verfielen in Stagnation und entwickelten sich um jahrhunderttausende zurück.

Die ungeheure Explosion, bei der Millionen Menschen auf einen Schlag umkamen, erschütterte unser ganzes Universum. Der Schutzschirm, den wir um unseren Planeten errichtet hatten, wurde durchbrochen. Eine ungeheure negative Welle durchzog Raum und Zeit."

Isazana musste erneut eine Pause machen. Ich hatte etwas Zeit, meine Gedanken zu ordnen. Und auf einmal wusste ich, wie es weitergehen würde.

Nach geraumer Zeit fuhr Isazana fort: „Wir spürten sehr schnell, dass das Böse uns erkannt und aufgespürt hatte. Uns blieb nur eine Möglichkeit: Wir mussten diesen Planeten – ja sogar diese unsere Galaxie – verlassen!

So erschufen wir uns hier eine neue Heimat – einen neuen Planeten – nach dem Vorbild der alten. Wir errichteten ein Tor, das es allen unseres Volkes ermöglichen würde, in diese neue Heimat zu wechseln. Nach dem Durchgang würde sich dieser schließen und keine Spur zum Ziel hinterlassen.

Die negativen Schwingungen, die wir spürten, wurden immer stärker. Es wurde Zeit! Jeder unseres Volkes ging. Der letzte spürte noch einen ungeheuren Anstieg der negativen Schwingungen und wie eine ungeheure Explosion unsere Stadt vernichtete..."

Für einen kurzen Augenblick erschien Trauer auf Isazanas Gesicht, wurde aber schnell von Freude und Erleichterung abgelöst.

„Mit großem Erschrecken stellten wir fest, dass nicht alle hier ankamen. Einigen war der Durchgang nicht gelungen. Wir erfuhren nie, was mit ihnen geschehen war – bis heute. Sie waren also in eine höhere Dimension aufgestiegen! Das zu hören, erfüllt uns alle mit großer Freude!"

Isazana lehnte sich erleichtert zurück. Eine freudige Stimmung durchflutete den Raum. Plötzlich materialisierten auf dem Tisch Schalen mit Nahrungsmitteln und Pokale mit Getränken. Alle griffen zu, und wir aßen schweigend.

„Nun ist es an dir, zu erzählen", wandte sich Isazana schließlich an mich.

Natürlich interessierten sich die Anwesenden hauptsächlich, was ich über Isazana – meinen Isazana – berichten konnte. Und so berichtete ich alles, was ich erlebt hatte. Alle hörten aufmerksam zu; keiner unterbrach mich.

Als ich von Alien berichtete, zeichnete sich Erstaunen und Überraschung auf ihren Gesichtern ab. Als ich dann auf das Dimensionstor, das die negativen Mächte errichteten, zu sprechen kam, wandelte sich der Ausdruck ihrer Gesichter in Furcht.

Meinen „Schlüssel", den ich ihnen natürlich auch zeigte, erregte ihr besonderes Interesse. Als ich ihn unter meinem Hemd hervorzog, schien er leicht zu leuchten. Fast ehrfürchtig nahm Isazana ihn in die Hand.

Als er ihn mir zurückgab, sagte er: „Wir haben eine Idee, wie wir dir helfen können!". Die anderen nickten fast synchron. „Wir werden dir etwas ähnliches mitgeben. Aber das dauert etwas. Wenn du möchtest, wird Airam dir derweil unsere Stadt zeigen."

Als ich nickte, stand eine der Frauen mit besonders langen, schwarzen Haaren auf und wandte sich zur Tür. Ich folgte ihr.

Nirgendwo in der Stadt konnte ich Technisches sehen. Die Menschen, denen wir begegneten, grüßten respektvoll.

„Alle haben unsere Unterhaltung mitbekommen", sagte Airam erklärend.

Plötzlich hörte ich Isazana in meinem Kopf: „Wir sind fertig. Kommt bitte zurück".

Als Airam und ich den Versammlungssaal betraten, sah ich sofort die gelblich-orange leuchtende faustgroße Kugel auf dem Tisch.

„Wie deine Freunde aus der höheren Dimension hat jeder von uns einen Teil seiner Lebensenergie gespendet. Setze sie weise ein. Und nun geh – und tue, was du tun musst. Unser aller Gedanken sind bei dir!", sagte Isazana zum Abschied. Es gab nichts mehr zu sagen. Ich wusste auf einmal, was ich machen musste.

Ich brauchte das Tor in der weiten Ebene nicht – ich spürte „meine" Traumwelt, nahm die leuchtende Kugel vom Tisch, sah Isazana noch einmal tief in die Augen, verbeugte mich zum Abschied grüßend – und wechselte zu meinem Gartenstuhl auf die Veranda meines Hauses am See.

Zurück auf den Mond

Einige Tage später ging ich meine Aufgabe an. Es würde nicht viel nutzen, wenn ich nur die Station der Fremden auf unserem Mond zerstören würde. Trotzdem musste ich es zuerst tun. Es durfte keine Möglichkeit zur Rückkehr des Bösen geben.

So stand ich nun in einiger Entfernung zum „Tor der dunklen Mächte" und konnte den Schutzschirm, der eine Entdeckung durch die Menschen verhinderte, wahrnehmen. Er schien etwas kräftiger zu leuchten als bei meinem ersten Besuch. Es wurde Zeit!

Ich nahm die leuchtende Kugel, die ich aus der Verlorenen Stadt mitgebracht hatte, in die Hand und errichtete meinen Lichtkokon um mich. Auf meinen Gedanken hin verschwand sie aus meiner Hand und materialisierte direkt über dem Schutzschirm. Ein weiterer Gedanken von mir ließ die gespeicherte Energie schlagartig freiwerden.

Der Schutzschirm zerplatzte wie eine Seifenblase. Eine Welle von ungeahnter psychischer Energie breitete ich schlagartig aus. Dann erfasste ich etwas wie einen Tornado, der die Station der negativen Mächte in ein sich bildendes Loch hineinzog. Alles dauerte nur Sekunden, dann existierte nur dieses tiefe Loch.

Obwohl mir der Tod der Lebewesen, auch wenn es Negative waren, schmerzte – immerhin hatte ich gegen DAS universelle Gesetz des Allerschaffers verstoßen und würde dereinst die Konsequenzen tragen müssen – musste ich lächeln. Irgendwann würden sich irdische Forscher fragen, wie dieses Loch wohl entstanden wäre und wofür es gedient hatte. Hatten etwa Außerirdische hier etwas gesucht?

Die „Linse", wie Mahel es genannt hatte, existierte jedenfalls nicht mehr. Aber ich war noch nicht fertig mit meiner Aufgabe. Die negativen Mächte aus der anderen Dimension würden über kurz oder lang ein neues Portal errichten. Sie mussten aus unserem Universum verschwinden. Mein „kleines Opfer" musste noch erbracht werden!

Das Opfer

Die Vorbereitungen waren schnell getroffen. Ich sprach mit meiner Frau, erzählte ihr von meinem Vorhaben und gönnte mir eine umfangreiche „Henkersmahlzeit". Nur kurz versuchte meine Frau, mich von meinem Plan abzuhalten. Uns beiden war klar, dass er nicht ungefährlich sein könnte.

Ich machte es mir auf meiner Couch im Arbeitszimmer bequem und ging in meine Traumwelt. Natürlich vergaß ich den Schlüssel nicht.

Ich nahm die Gelegenheit wahr, und sah mich noch einmal genau um. Vielleicht zum letzten Mal? Dann machte ich es mir auf meinem so geliebten Stuhl auf der Veranda meines Hauses am See bequem.

Dann rief ich den Allschöpfer um Beistand an und konzentrierte mich so stark, wie nie zuvor. Mein Lichtkokon war schnell errichtet. Nun lud ich ihn mit aller Energie, die ich zur Verfügung hatte, auf. Der Schlüssel glühte wie nie zuvor. Er bestand ja aus Teilen der Lebenskraft meiner vielen Freunde aus den höheren Dimensionen. Er schien zu wissen, was nun kommen würde.

Ich holte noch einmal tief Luft – dann setzte ich die ganze aufgeladene Lichtenergie schlagartig frei. Ich spürte noch, wie eine gigantische Lichtwelle durch das Universum schoss – dann wurde es dunkel.

An die Monate danach konnte ich mich nicht mehr erinnern. Irgendwann kam ich im Krankenhaus wieder zu mir. Meine Frau saß neben meinem Bett.

Sie sagte nur: „Hallo – da bist du ja wieder!" Aber selbst in meinem Zustand hörte ich ihre große Erleichterung.

„Ja", antwortete ich, und nach einer kleinen Pause: „Was ist passiert?"

Mit einem unmenschlichen Schrei war ich wieder in meinem Arbeitszimmer „angekommen" und in ein tiefes Koma gefallen. Meine Frau hatte sofort den Rettungswagen alarmiert, der mich in das nächstgelegene Krankenhaus brachte. Die Ärzte waren ratlos – so ein tiefes Koma hatten sie noch nicht gesehen. Und obwohl sie alles Menschenmögliche unternahmen, machten sie meiner Frau keine Hoffnungen. Meine Lebensfunktionen waren praktisch null, und sie befürchteten wegen der äußerst geringen Atmung weitreichende Hirnschädigungen.

Gemäß unserer Absprache hatte meine Frau mich nicht an lebenserhaltende Geräte anschließen lassen, nur künstliche Ernährung hatte sie zugelassen. So vergingen die Tage und wurden zu Wochen. Jede freie Minute hatte sie neben mir gesessen, mich beobachtet und meine Hand gehalten.

Nun war ich wieder „da"! Ich war so müde, wie noch nie. Ich wollte nur noch schlafen.

Ich sah meiner Frau dankbar in die Augen, drückte ihre Hand und sagte: „Alles ist gut! Du kannst mich jetzt ohne Sorge alleine lassen. Ruh du dich jetzt erst einmal richtig aus.

Und keine Angst – ich geh nicht wieder weg – ich bleibe jetzt für immer bei dir." Dabei blinzelte ich ihr zu.

„Du bist wirklich wieder da", entgegnete sie leicht erbost, aber auch erleichtert über meinen „Scherz". Dass sie es sich auf dem neben meinem stehenden zweiten Bett bequem machte, bekam ich schon nicht mehr mit.

Ich schlief sehr lange. Als ich dann wieder wach wurde, fühlte ich mich schon besser, hatte aber einen Mordshunger. Meine Frau saß wieder neben meinem Bett auf einem Stuhl und Ärzte und Krankenschwester wuselten in meinem Zimmer herum. Sie schüttelten immer wieder mit den Köpfen. Sie konnten es einfach nicht begreifen.

Meine Genesung machte rasante Fortschritte und nach ein paar Tagen konnte ich doch tatsächlich wieder nach Hause. Die Ärzte konnten es nicht begreifen.

In der nun folgenden Ruhezeit, die ich mir gönnte, tauchten immer wieder Erinnerungsfetzen auf. Während ich im Koma gelegen hatte, waren alle meine Freunde erschienen und hatten einen Teil ihrer Lebensenergie auf mich übertragen. Das hatte mir mein Leben gerettet.

Obwohl ich mir diese Erinnerungsfetzen bewahren wollte, wurden sie mit der Zeit immer schwächer. Die letzte Erinnerung hatte ich von Mahel.

„Nur ein kleines Opfer…" übermittelte er mir. Ich sollte meine Freunde nie wieder treffen. Und auch den Schlüssel konnte ich trotz intensiver Suche nicht mehr finden und bald verschwand auch die Erinnerung an ihn. Das Einzige, was mir im Gedächtnis blieb, war die Erinnerung an meinen Stuhl auf der Veranda vor meinem Haus am See.

Auch dorthin sollte ich nie mehr gelangen!

Epilog

Seit einigen Tagen träume ich wieder. Vielmehr erinnere ich mich wieder daran, geträumt zu haben.
Jeder Mensch träumt mehrere Male pro Nacht. Nicht immer erinnert man sich an sie.
Oft bin ich mit seltsamen Gefühlen erwacht. Dann wusste ich, dass ich geträumt hatte.
Ich habe einmal irgendwo gelesen, dass, wenn man in seinem Traum die eigenen Hände sieht, man ihn beeinflussen kann.
Als junger Mensch hatte ich eine Zeitlang diese Fähigkeit. Ich hatte sie dann aber leider nicht weiter ausgebildet. Jetzt kann ich es nicht mehr.

Ich sitze an meinem Schreibtisch und warte – hoffe –, dass Mahel mich ruft. Ich werde wohl vergebens warten!

Ich sehne mich so –

nach meinem Stuhl –

auf der Veranda –

vor meinem Haus –

am See…

Die Grafiken und Künstler

Jörg Petersen

Seite 8	Verdrahtet
Seite 26	Der Schlüssel
Seite 32	Alptraum-Gestalten
Seite 38	Klukks
Seite 46	Experiment an Primat
Seite 52	Fremder auf unserem Mond
Seite 60	Dimensionstor
Seite 76	Untergang eines Planeten
Seite 83	Plurtsch
Seite 85	Flirmflum
Seite 90	Die Fliege
Seite 128	Lager der Lebenskugeln
Seite 137	Atommodell
Seite 134	Isazana und die Verlorene Stadt
Seite 119	Tasse Kaffee
Seite 156	Schreibtisch

Nikolaus Bettinger

Seite 71	Albtraum

Manfred Greifzu

Seite 22:	Mahel
Seite 38	Ikne
Seite 64	Marduk
Seite 94	Flang
Seite 124	Alien

Vom Autor bei NIBE Media erschienen:

Die Chroniken von KI 1 + 2

Basierend auf: »Das Verschollene Buch Enki«
Von Zecharia Sitchin

 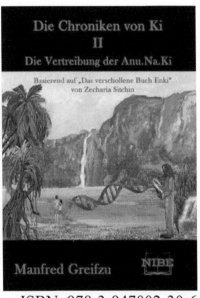

ISBN: 978-3-947002-33-7   ISBN: 978-3-947002-30-6
Umfang: 180 Seiten   Umfang: 160 Seiten
Einband: Softcover
12,95 EUR
inkl. 7 % MwSt.

direkt bestellen bei:
www.nibe-media.de
www.nibe-versand.de

Vor ca. 450.000 Jahren landeten fremde Raumfahrer auf der Erde. Sie waren auf der Suche nach Gold, das sie für die Stabilisierung ihrer Atmosphäre brauchten. Sie nannten sich selbst Anu.Na.Ki – die von Anu (ihrem König) nach Ki gesandten. Ki war der Name, den sie der Erde gegeben hatten.

Vor ca. 250.000 Jahren wurde den Anu.Na.Ki der Goldabbau zu schwer. Auch die irdische Physiologie forderte ihren Tribut. So kamen die Anführer auf die Idee, mit Hilfe ihrer fortschrittlichen Gen-Technik einen primitiven Arbeiter, einen Lulu, zu erschaffen. Der Versuch gelang zwar, doch war der Lulu nicht fähig, sich selbst zu vermehren.

Einige tausend Jahre später entstand dann – eher durch Zufall – ein intelligenter Erdling, der erste zivilisierte Mensch.

Zu Beginn des 20. Jahrhunderts ereignete sich in der Nähe von Tiahuanaco ein Erdfall und legte den Zugang zu einer mindestens 200.000 Jahre alten Station frei. Wie die Forschungen ergaben, war sie von den Anu.Na.Ki erbaut worden.

Von den Menschen unerkannt, lebten nach der allgemeinen Rückkehr der Anu.Na.Ki zu ihrem Heimatplaneten, noch einige von ihnen auf der Erde. In höchsten politischen und wirtschaftlichen Positionen manipulierten sie die Menschheit skrupellos in ihrem Sinne.

Aber die Menschheit stand nicht alleine …

Von Jörg Petersen bei NIBE Media erschienen:

Drachenring
– Die Chroniken von Mutabor I –
Das magische Kind

ISBN: 978-3-947002-84-9
Umfang: 240 Seiten
Einband: Softcover
14,95 EUR
inkl. 7 % MwSt.

direkt bestellen bei:
www.nibe-media.de
www.nibe-versand.de

Drachenring
– Die Chroniken von Mutabor I –
Das magische Kind

Was sind das für mysteriöse Träume, die Christian Turm seit einiger Zeit quälen? Nacht für Nacht wird der arbeitslose Grafikdesigner in eine fremde Welt entführt – in das Land Mutabor, wo Rebellen einen verzweifelten Kampf gegen einen finsteren Herrscher und seine Armee ausfechten. Nach und nach kommt Christian dem Geheimnis seiner Träume auf die Spur und wird mit einer schrecklichen Wahrheit konfrontiert ...